登場人物

グラウ

アルノルトが変装した姿。灰色のローブに身を包み、フードと認識阻害の幻術で顔を隠している。流れの軍師として、アロイスと共に帝国軍一万を撃退した。

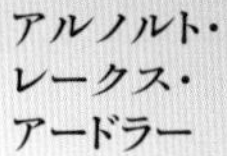

アルノルト・レークス・アードラー

第七皇子。18歳。無能・サボり魔かつ遊び呆けている放蕩皇子であるため、「双子の弟であるレオナルトに全てを吸い取られた『出涸らし皇子』」とバカにされている。実際は無能ではなく、「強力な古代魔法を操るSS級冒険者・シルバー」として陰ながら帝国を守護している。

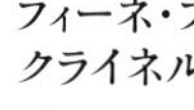

フィーネ・フォン・クライネルト

名門・クライネルト公爵家の娘。国一番の美女として皇帝から蒼い鷗の髪飾りを贈られた、通称"蒼鷗姫（ブラウ・メーヴェ）"。小柄な体に似合わずグラマー。芯の通った性格で、アルノルトに全幅の信頼を置いている。

トラウゴット・レークス・アードラー

第四皇子。25歳。まんまる太った皇子。文才がないのに文豪を目指している、趣味人。普段はふざけた言動が多いが、実は有能な切れ者。

俺は強さという点で
こいつヤバイっていう感想を
他者に抱くことはあんまりない。
SS級冒険者とか、エルナとか
大陸屈指の例外たちくらいだろう。
もしくは人間という枠組みを
軽く超えてくるモンスターたちか。
そんな俺が久しぶりにヤバイと思った。
それだけ玉座の間の扉で戦う
アリーダは強かった。

最強出涸らし皇子の暗躍帝位争い8

無能を演じるSSランク皇子は皇位継承戦を影から支配する

タンバ

角川スニーカー文庫

22929

目次

第一章　奔走
007
—
第二章　天球
065
—
第三章　逃避行
133

口絵・本文イラスト：夕薙
デザイン：atd inc.

皇族紹介

皇帝

† ヨハネス・レークス・アードラー

† ヴィルヘルム・レークス・アードラー

第一皇子。三年前に27歳で亡くなった皇太子。存命中は理想の皇太子として帝国中の期待を一身に受けており、その人気と実力から帝位争い自体が発生しなかった傑物。ヴィルヘルムの死が帝位争いの引き金となった。

† リーゼロッテ・レークス・アードラー

第一皇女。25歳。

東部国境守備軍を束ねる帝国元帥。皇族最強の姫将軍として周辺諸国から恐れられる。帝位争いには関与せず、誰が皇帝になっても元帥として仕えると宣言している。

† エリク・レークス・アードラー

第二皇子。28歳。

外務大臣を務める次期皇帝最有力候補の皇子。文官を支持基盤とする。冷徹でリアリスト。

† ザンドラ・レークス・アードラー

第二皇女。22歳。

禁術について研究している。魔導師を支持基盤とする。性格は皇族の中でも最も残忍。

† ゴードン・レークス・アードラー

第三皇子。26歳。

将軍職につく武闘派皇子。

武官を支持基盤とする。単純で直情的。

† トラウゴット・レークス・アードラー

第四皇子。25歳。

ダサい眼鏡が特徴の太った皇子。

文才がないのに文豪を目指している趣味人。

† 先々代皇帝
グスタフ・レークス・アードラー

アルノルトの曾祖父にあたる、先々代皇帝。皇帝位を息子に譲ったあと、古代魔法の研究に没頭し、その果てに帝都を混乱に陥れた“乱帝”。

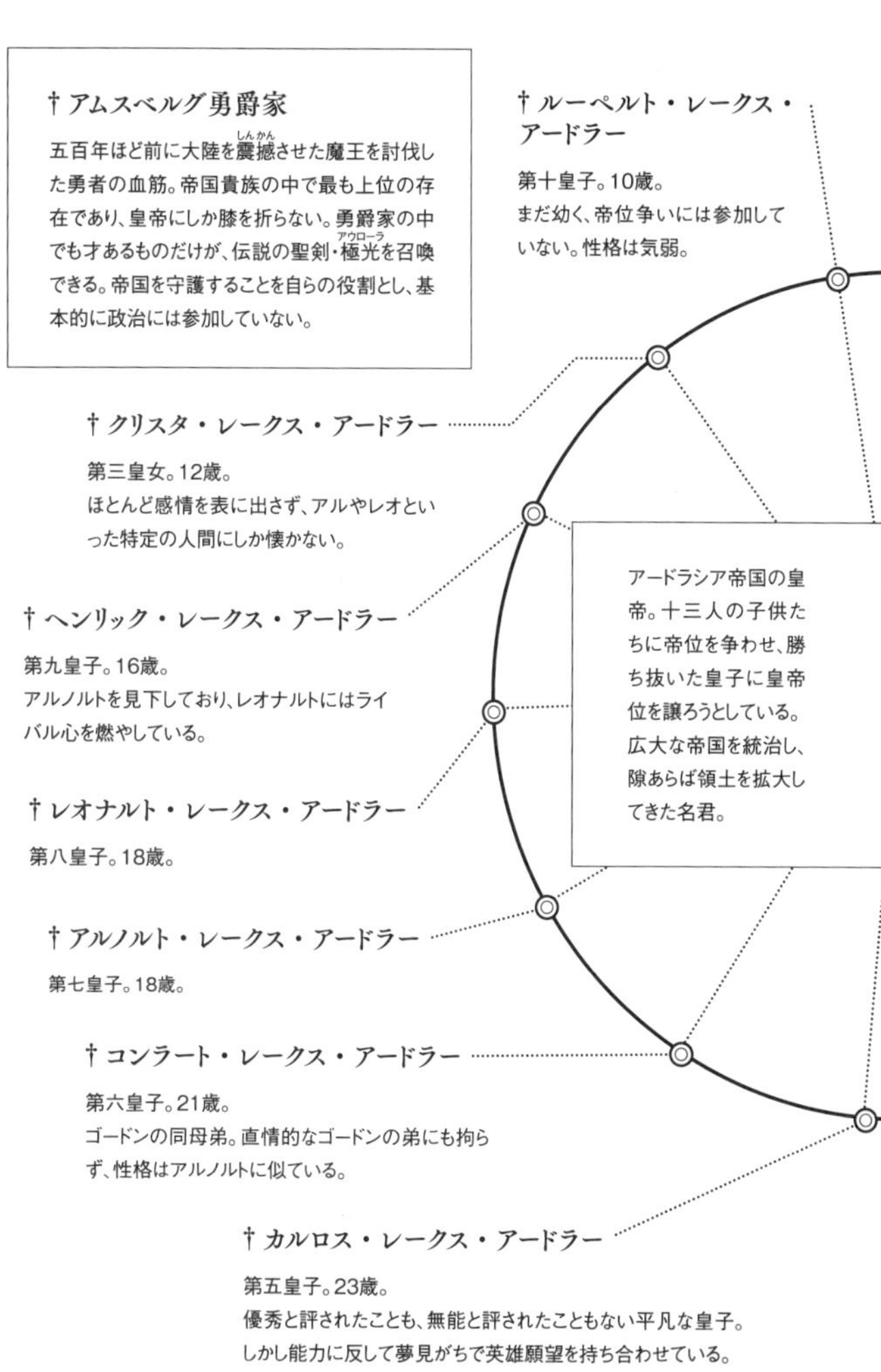

†アムスベルグ勇爵家
五百年ほど前に大陸を震撼させた魔王を討伐した勇者の血筋。帝国貴族の中で最も上位の存在であり、皇帝にしか膝を折らない。勇爵家の中でも才あるものだけが、伝説の聖剣・極光を召喚できる。帝国を守護することを自らの役割とし、基本的に政治には参加していない。
†ルーペルト・レークス・アードラー
第十皇子。10歳。
まだ幼く、帝位争いには参加していない。性格は気弱。
†クリスタ・レークス・アードラー
第三皇女。12歳。
ほとんど感情を表に出さず、アルやレオといった特定の人間にしか懐かない。
†ヘンリック・レークス・アードラー
第九皇子。16歳。
アルノルトを見下しており、レオナルトにはライバル心を燃やしている。
アードラシア帝国の皇帝。十三人の子供たちに帝位を争わせ、勝ち抜いた皇子に皇帝位を譲ろうとしている。広大な帝国を統治し、隙あらば領土を拡大してきた名君。
†レオナルト・レークス・アードラー
第八皇子。18歳。
†アルノルト・レークス・アードラー
第七皇子。18歳。
†コンラート・レークス・アードラー
第六皇子。21歳。
ゴードンの同母弟。直情的なゴードンの弟にも拘らず、性格はアルノルトに似ている。
†カルロス・レークス・アードラー
第五皇子。23歳。
優秀と評されたことも、無能と評されたこともない平凡な皇子。
しかし能力に反して夢見がちで英雄願望を持ち合わせている。

第一章　奔走

Episode 1

1

レティシアが攫われ、レオが旅立った日の夜。

俺は一人で後宮を訪れていた。

「――というわけですので、有事の際にはクリスタたちと避難できるようにしておいてください」

「というわけでと言われてもねぇ」

俺とレオの母である第六妃ミツバにそう伝えると、微妙な返事が返ってきた。

「俺の話を信じてませんか？」

「信じているわよ。ゴードンが反乱を起こすというのはない話じゃないわ。狙うなら祭りの最終日、つまり明日でしょうね」

「ええ、明日は闘技場で武闘大会です。父上も含めて、多くの者が城を離れます。反乱ならそのときが狙い目でしょう。城を占拠できれば父上の選択肢を大きく制限できますからね」

帝剣城は帝都防衛の要だ。

まず一つに強固な城である。籠れば数か月は余裕で耐えられる城である帝剣城を奪えば、父上に長期戦という手段を取られずに済む。ゴードンがどこまで軍を掌握しているかだが、すべての軍を掌握しているわけではない。長引けば援軍が来てしまう。

そして二つ目に帝剣城は帝都を覆う巨大結界を発動させるカギでもある。

大結界・天球（フィルマメント・クーゲル）。

帝剣城を中心に巨大な球状結界で帝都全体を覆う魔法だ。

この魔法は分類としては古代魔法に近い。古代の書物にあった魔法を再現したものだからだ。といっても、本来は人が行使する魔法を巨大建造物と高純度の宝玉で代用しているわけだから劣化といえば劣化だ。

それでも発動すれば外からの侵入は決して許さない。まぁ全力発動の場合だが。

この結界を作る過程で大量の古代魔法に関する書物が帝国には集められた。爺（じい）さんや俺はその書物を使って古代魔法を会得したわけだ。中には爺さんが集めたものもあるが、大半は当時集められた物ばかりだ。

この天球を発動させられると俺でも外部との行き来ができない。その懸念があったため、帝都に残ったわけだ。

「そう上手（うま）くいくかしら？」

「現在の混乱状態なら可能性はあります」

「そうね。それは同意よ。私が問題にしているのはゴードンが成功させられるかしら？　ってことよ」

「どういう意味ですか？」

「昔ならいざ知らず、今のあの子は他人の言うことに耳を貸さないわ。力押しを好み、綿密な計画とは無縁でしょう？　あの子だけではいささか無理があるわ」

「……参謀がいると？」

「それは私にはわからないわ。けれどゴードンの単独犯ではほぼ成功しないと思うわ。そこまで緻密に動けるタイプではないもの。そうなると裏で絵を描いた者がいるわ」

散々な評価と言えなくもないが、すべて的を射ている。この人もまた子供の頃からゴードンのことを知っているのだ。性格を読み間違えたりはしないだろう。

「今回の計画にはおそらく王国や連合王国が絡んでいます。ゴードンは連合王国の竜王子とも友人関係です。彼らが裏で動いたのでは？　もしくは王国側の誰かでしょうか。どちらにせよ、今考えても仕方ありません」

「その可能性はたしかに高いけれど、私は帝国の人間が関わっていると思うわ」

「ゴードン以外の人間が？　エリクとか言わないでくださいよ？」

「あの子は違うわ。自分の物を他人に与えるほどお人よしではないもの」

そうだろうな。エリクにとって帝国は自分の物だ。確実に手に入ると思っているし、自分が皇帝になったあとのことを今も考えているはずだ。

そんなエリクがわざわざ自分の帝国に他国を介入させるはずはない。

となると。

「まさかとは思いますが……あの二人だと？」

「なくはないと思わないかしら？」

母上の言葉に俺は顔をしかめる。

たしかに帝国にはこの手の面倒なことを好む奴らが二人ほどいる。

しかし、その二人は身動きが取れない状況だ。

「ズーザンとザンドラは父上によって部屋に閉じ込められています。面会もできない軟禁状態です。ゴードンの計画に噛めるとは思えません」

「たしかに他人と接触できない以上、普通は不可能でしょうね。けど、ズーザンのメイドが一人捕まっていないわ」

「……ズーザンのメイドがいなくなるなんて珍しいことではないから見逃された案件ですね」

ズーザンのメイドたちは全員捕らえられた。一名を除いて。

しかし大きな問題にはならなかった。ズーザンやザンドラはメイドに辛く当たることが多々あった。メイドが消えるなんて後宮では珍しくない。

おそらく逃亡したか、ズーザンに殺されたか。どちらかだろうと判断されたのだ。

それは罪ではあるが、南部の反乱にどんな関わりを持っていたかを調べるほうが優先だったのだ。

「そのズーザンのメイドが裏で動いていると母上は思うのですか？」

「そう思っているわ」

「ちなみに根拠は？」

「女の勘と言いたいけれど、それじゃあ納得しないでしょう？」

「当たり前じゃないですか」

「そう。じゃあ明確な根拠をあげるわ。ゴードンは王国に攻め入った経歴がある。誰かが間に入らないとゴードンと王国が手を組むのは考えづらいわ。そしてズーザンは南部で反乱を起こしたクリューガー公爵の妹。南部で長らく雌伏の時を経ていたクリューガー公爵が援軍のアテもなく反乱はしないと思わない？」

「なるほど。元々はクリューガー公爵やズーザンと王国は繋がっていた。あの反乱が長引けば王国は動いたはずだった。しかし、そうはならなかった」

「そう。元々はクリューガー公爵と行うはずだった計画をゴードンと行っている。そう考えると自然だし、間にズーザンの側近が入っているなら不可能ではないわ」

逃げたメイドはズーザンの命令で動いている側近。

俺にとってのセバスに近い立場か。そいつが王国とゴードンを繋げた。

利害関係が絡まる複数の国との連携は難しい。そういう調整能力はゴードンにはないし、ゴードンの陣営にも適任者はいないはずだ。

だが、裏で動くことに慣れたズーザンの側近なら可能だろう。

そうなると事態の厄介さはさらに跳ね上がる。

「ズーザン・ザンドラの親子とゴードンが手を組んでいるということになりますが？」

「性格的にはありえないわね。けど、ズーザンたちに選択肢はないわ。それをゴードンが理解していれば利用しあうことはありえると思うの。もちろんどちらもどこかで裏切る腹積もりでしょうけど」

「帝位候補者の二人が手を組んでいる……王国と連合王国、そしておそらく藩国。これだけの他国が協力している理由にも説明はつきますね」

勝算があるから協力関係を作っている。

利があると他国が判断したというからには、ゴードンを高く買っているのかと思っていたが、そこに付加価値があったというなら納得できる。

「それで最初の話に戻るのだけど、ズーザンとザンドラが関わっているとなると後宮はほぼ最前線よ。そしてあの二人は私も狙ってくると思うわ。あなたとレオの母親だもの」

「それはその通りでしょうね……」

ズーザンとザンドラが失脚したのはレオと俺のせいといえなくもない。

あの二人は現在、後宮の奥に閉じ込められているが、ゴードンと協力関係にあるなら脱出してくるだろう。

後宮はその時点で危険地帯だ。

「クリスタはリーゼの妹。ズーザンなら真っ先に人質として扱おうとするわ。私と行動させるのは得策とは言えないわね」

「……では母上も避難を」

「許可なく後宮は出れないわ。明日の武闘大会には皇后様が出席して、ほかの妃は後宮待機ともう決まっているしね」

皇帝の横に座るのは皇后だけだ。他の妃が民の前に姿を現すと帝位争いで余計な噂が飛び交う。その点、皇后には心配がない。皇太子は亡くなり、トラウ兄さんに帝位を継ぐ意思がないことは周知の事実だからだ。

不安定な時期に余計な噂を流されたくないというのはわかる。

だが、今はその決定を下した父上を恨みたい気分だ。その決定のせいで母上が危険な後宮に取り残される。

「では護衛を強化します」

「焼石に水よ。あなたはクリスタのことを考えなさい。私は私でどうにかするわ」

「ですが！」

「私は大丈夫よ。あなたとレオの母親なのだから。それに、助けが必要なのは私ではないわ」

そう言って母上は横の部屋に繋がる扉を見る。

「出ていらっしゃいな」

「……はい」

「あなたは……」

横の部屋から出てきたのは茶色の髪の女性だった。

その女性は第七妃にして、第十皇子の母親。

「ジアーナ様……」

「アルノルト殿下……どうか息子をお助けください……」

そう言って彼女は俺に頭を下げたのだった。

■■■

第七妃ジアーナは皇帝の妃の中では最も若い。

その年齢は二十八歳。嫁いだのは十一年前。十七歳の時だ。

エリクと変わらない年齢の女性を妻として父上は迎えた。しかし、それは父上が見初めたというわけではない。

二人の間にあったのは政略だ。ジアーナは元々皇国の公爵の娘だった。

十一年前。ドワーフをめぐるやり取りで帝国の怒りを買った皇国は、王族の遠縁である公爵の娘を父上に差し出した。

その娘がジアーナだ。これでもって友好関係を結ぼうと言ってきたのだ。

王族の遠縁といえば聞こえはいいが、それはいつでも切り捨てられるということでもある。

その証拠にジアーナが嫁いでからも皇国は国境を越えようとしたことがある。

父上はしなかったが、ジアーナは見せしめとして処刑されてもおかしくない行為だった。

一時の和解のための生贄（いけにえ）。それがジアーナという妃だ。

祖国である皇国からは生贄に差し出され、帝国では自分と同じ年齢の息子がいる男の第七妃とならねばならなかったジアーナは妃の中でも特異だ。

だが、政略結婚を断れば皇国との関係が悪化するため、父上は政略結婚を受け入れたし、ジアーナのことも大切にした。末弟、第十皇子のルーペルトがその証拠だろう。

十歳になるルーペルトは父上にとっては必要のない子供だった。

上位の子供たちの年齢を考えれば、帝位争いが始まったときにルーペルトはまだまだ子供。

最も愛された第二妃の娘であるクリスタとはわけが違う。

それでも父上はジアーナとの子供を作った。皇国からは生贄、帝国では必要のない妃。そんな扱いを受けるのはあまりにも不憫（ふびん）だと考えたからだ。

しかし、それはジアーナにとって新たな悩みを作らせることにも繋がった。

帝国内でジアーナの味方はいない。皇国出身である以上、疑われる立場だからだ。そしてその息子であるルーペルトも疑われる立場だ。

皇国が帝国に干渉してくる可能性の存在。それがルーペルトだ。

もちろんジアーナはその疑いを承知しており、ルーペルトを手元に置いて余計な動きはこれまでしてこなかった。もちろん帝位争いには不参加だ。

そんなジアーナが母上に頼って、俺に助けを求めてきた。

それは他の帝位候補者たちに睨まれる動きだ。

「ジアーナ様。俺に助けを求める意味がわかっていますか？」

「もちろんです……」

「……レオの陣営につくという判断で間違いありませんか？」

「……はい」

ジアーナとて馬鹿ではない。俺に頼んできたといっても俺個人に頼ったわけではない。

出涸らし皇子に息子を託すなんて自殺行為だ。

だからジアーナが言っていることはそのままの意味じゃない。

俺にレオへの取り次ぎを頼んでいるのだ。

「ゴードンの動きが怪しい以上、どこかの陣営の保護下に入ろうとするのは間違いではないでしょう。ですが、皇国出身のあなたなら選ぶべきはエリク兄上では？」

外務大臣であるエリクは皇国と親しい。

皇国出身であるジアーナが最も頼りやすいのはエリクのはずだ。

「それも考えました……ですが私は恐ろしいのです……我が祖国の皇国の者、とくに王族に名を連ねる者たちは闇の深い人間ばかりです。そんな者たちとエリク殿下は平気な顔で渡り合う。それが私には恐ろしいのです……」

「それだけ有能だといえるのでは？」

「そのとおりなのでしょう。しかし……エリク殿下は彼らと渡り合っても何も感じていないかのような顔をしています。感情がないかのようです。どれだけ有能でも……あの方には息子は任せられません」

「なるほど」

理由はわかった。筋も通っている。母親としてエリクを信用できないならば、俺たちの陣営に頼るしかない。最初期ならまだしも、今のレオの陣営はエリクの陣営に迫る勢いだ。頼ったとしても不思議ではない。

レオが帝位をとるというのも現実味が増してきているのだ。しかし。

「頼っていただいて申し訳ないのですが、こちらにあなた方を保護する余裕はありません。エリク兄上に掛け合うことをおすすめします」

「そんな！　せめてルーペルトだけでも！」

「クリスタだけで精一杯です。ご存じでは？　こちらの戦力はほとんど帝都の外です。頼みのエルナも帝都の外にいる以上、勇爵家を動かすこともできません。やれることが少ないのです。諦めてください」

ジアーナは言葉を失い、母上を見た。

俺もジアーナから視線を外し、母上のほうを見る。

「アル。弟を助けたいと思わないのかしら？」

「……助けられるなら助けたいですが、こちらには余裕がないのです。レオもいなければセバスもいない。戦える者が極端に少ない中で、保護する者が増えれば絶対に守らなければいけない者も危険に晒します」

「一人増えたところで大したことではないでしょう？」

「大事です。ルーペルトはただの子供ではなく、皇子なのですから。守るとなればそれなりの戦力がいります。誰かが戦力をくれるなら考えますが」

「……私たちには味方がいないのです……」

「存じていますよ。そして俺やレオも最初はそうだった。あなたが俺たちが不利なときに味方してくれた恩人なら無理もしますが、俺たちの勢いが増した時に見返りもなしに助けを求めてくるのは虫が良すぎるでしょう」

弱いときに味方してくれた者は信用できるし、恩も感じる。

だが、強いときに味方すると言われても信用はできないし、恩も感じない。ましてやジアーナとルーペルトには味方はおらず、敵がいるだけ。

こちらの負担が増えるだけだ。

「アル。守っておやりなさい。レオなら弱い者は見捨てないわ」

「残念ながら俺はレオではないので。理想より現実のほうが大事なんですよ。戦力的に守るのは不可能です」

ゴードンが動くとなれば城は制圧されて、天球が発動される。

天球は要となる複数の宝玉を台座にセットすることで発動が可能になる。一度発動させられたら、内部からしか崩せない。そのために俺は内側に残っている。

城に引き入れた戦力もそれに備えたものだ。護衛に回す余裕はない。

天球を発動させられたら、レオたちの合流は不可能。まずは天球を解除する必要がある。

その絶対条件がある以上、俺に選択の余地はない。

「あら、そう。では私が守るとするわ」

「母上……困らせないでください。無理なものは無理なんです。戦力が」

「戦力なら借りればいいわ」

「誰に借りるんですか？」

「あなたの兄からよ」

そう言って母上は部屋の入口を見つめた。嫌な予感を覚えつつ、俺はゆっくりと振り返る。

そこには青い顔のトラウ兄さんがいた。

「話は聞きましたぞ！　自分が協力しようではありませんか！」

「……なぜトラウ兄さんがここに？」

「あなたに断られた時の保険に呼んだのよ」

「……血が足りなくて寝込んでる人を呼びだしますかね、普通……」

「緊急事態だもの。それに無理はさせてないわ。条件を聞いて向こうから来たのよ？」

「一応聞きますけど、どんな条件で来たんですか？」

「自分が動くのは幼女のためだけ！　ミツバ女史にクリスタ女史の護衛を頼まれたので自分、

ふらつきながら来たでありますよ!!」

「……」

「あら、不思議。これで戦力に余裕が生まれたわね？」

母上の言葉に俺は顔を引きつらせる。

たしかにそれならクリスタの護衛をルーペルトに回せる。

クリスタを餌にしてトラウ兄さんを引き込んだか。

だが、そこには一つ問題がある。

「トラウ兄さん……その体でどう守るおつもりで？」

「アルノルト、兄を馬鹿にするものではないですぞ。ちゃんと強力な助っ人を呼んでいるでありますよ！」

「強力な助っ人？」

「兄の側近たちです」

「はい？」

それは俺の予想をはるかに超えるとんでもない人物たちだった。

■■■

亡き皇太子には有能な部下が多かった。

とくに側近たちはとびぬけていた。ヴィンはその候補。つまりヴィンでも側近に食い込めないレベル。

それが皇太子ヴィルヘルムの陣営だった。その部下たちは夢を託した皇太子の死によって、散り散りとなった。他の者に仕えた者もいたが、多くは夢敗れてヴィンのように隠居生活に移った。それだけ皇太子は輝かしく、眩しい存在だったのだ。

太陽がなければ人は生きていけない。皇太子の死は皇太子に夢を託した多くの者にとって太陽の死だった。

それでも新たな太陽の可能性はあった。

唯一、皇太子の跡を継げる存在。それは同じ母を持ち、同じように育てられた実の弟。

第四皇子トラウゴット・レークス・アードラー。

芸術関連以外なら何ができても驚かない俺の兄。

しかし好きなのは才能のない芸術だというアンバランスな人。

「……長兄の側近に号令をかけたんですか？」

「もちろん。極秘裏ではありますがすでに帝都にいるでありますよ」

「……帝位争いに名乗り出ると？」

そう取られてもおかしくはない。亡き皇太子の後を継ぐ気になったと誰もが思うだろう。

少なくとも今までのような立場ではいられない。レオが勢力に担ぎ出されたように、エリクたちはトラウ兄さんを敵とみなすだろう。

「そう思うでありますか？」

「俺は思いません。ですが……ほかの人はそのように思うでしょう」

「それなら平気でありますよ。今更他人にどう思われようと気にしないので。今回、兄の側近に声をかけたのは藩国に怪しい動きがあった場合、自分だけでは止められないからであります。兄に恩義を感じている側近たちは、実の弟である自分に甘いので。今回だけ手伝ってほしいと声をかけたのでありますよ」

「……覚悟の上だと？　目立つ行動をすればすべての帝位候補者にとって、あなたは最も邪魔な存在となります」

「確かに。芸術に没頭はしばらくできないかもしれないですなぁ」

そう言ってトラウ兄さんは残念そうにつぶやく。

それはトラウ兄さんにとって命より大切なことだ。

それが生きがいなのだから。才能がなくても、誰に馬鹿にされても。

それでも続けているのは好きだから。趣味人として好きなことをやるとトラウ兄さんは決めているし、それがブレたこともない。

そのトラウ兄さんがその好きなことの妨げになる行動に出る。

とんでもないことだ。

「……どうしてそこまで？　レオのためですか？　長兄を超える皇帝になれる可能性をレオに見出して(みいだ)いるから」

「それもあります。レオナルトはきっと良い皇帝になる。そうなってほしい。だから応援すると決めたでありますよ。けれど、今ここで名乗り出たのは別の理由です」

「別の理由？」

「弟が別の弟を見捨てるのは見たくないでありますよ。自分が犠牲になって別の道が開けるなら、そうするべきだと思っただけであります」

そう言ってトラウ兄さんはフッと笑った。その笑い方はどこか長兄に似ていた。

きっと今の俺はひどい顔をしているだろうな。

やれること。できることは限られている。

救えるなら誰もを救いたい。けど、それはできないから救う人を選ばざるをえない。

だけど、今、トラウ兄さんは自分の生き方を犠牲にして、手の届く範囲を広げてくれた。

「――クリスタをお願いします。ルーペルトは俺が必ず守ります」

「任されたでありますよ。これを機にクリスタ女史にはお兄様と呼んでもらいたいでありますなぁ。デュフフフ！」

何とも言えない笑い声を出したあと、トラウ兄さんは踵(きびす)を返した。

用は済んだということだろう。その足はふらついている。本当に無理をして来たんだ。

「トラウ兄さん……ありがとうございます」

「気にせずに。ここは帝国。そして我々は皇族。国のために動くのは当然でありますよ。あまり上の者を甘くみないでほしいでありますな。気負わず自分にできることをやるでありますよ。

アルノルトの手が届かないところはきっと誰かが手を伸ばす」

そう言ってトラウ兄さんは部屋を去っていく。

そんなトラウ兄さんに一礼したあと、俺はジアーナのほうを見た。

「……聞いたとおりです。ルーペルトはこちらで保護します」

「ありがとうございます！　感謝申し上げます！　アルノルト殿下！」

「感謝は……トラウ兄さんに」

そう言って俺はジアーナと母上に頭を下げて、踵を返した。

トラウ兄さんの協力がある以上、戦力配置を変える必要がある。

いつもならセバスにいろいろと任せるところだが、あいにく今は俺しかいない。

今日は徹夜だな。

そう母上がつぶやいた。それは本心だろう。しかし条件付きだ。

「惜しいわねぇ。トラウゴットはやる気さえあれば良い皇帝になると思うのだけど」

やる気があれば。

それは爺さんも言っていた。皇帝になる気がない者はどれだけ素質があろうと皇帝にはなれないし、なってはいけない。

トラウ兄さんにはすべてがある。皇后の息子にして皇太子の弟。一声かければ皇太子の側近すら集められる。本人だって皇太子と同じように育てられ、その能力はバランスよく高い。

それでも皇帝になる気はない。亡き皇太子の姿を超えられないからだ。

だからその後をレオに託した。

帝国の新たな太陽はレオなのだと。

「ご安心を。レオはもっと良い皇帝になります」

「根拠は何かしら？」

「兄の勘ですね」

そう言って俺は笑って、母上の部屋を出た。

そして自分の部屋に戻るとフィーネが待っていた。

「お疲れ様です。今、紅茶を淹れますね」

「ありがとう。けど、その前にやることがある」

そう言って俺はシルバーの仮面を取り出した。

天球が発動すれば帝都の外には出れない。外に出るなら今夜が最後のチャンスだろう。

やれることはやっておかないといけない。

トラウ兄さんが思い出させてくれた。すべて俺だけでやる必要はない。

いろんな人に頼ってもいいんだ。

「わかりました。この場はお任せください」

「ああ……フィーネ。レオはレティシアを助けられただろうか」

空に浮かぶのは星空。星によって未来や天候を読む者が過去にはいたというが、あいにく俺にその才能はない。

レオには与えられるだけの戦力を与えた。

それで駄目ならしょうがないと諦めるしかない。しかし、レティシアを助けられない場合、レオはすぐには切り替えられないだろう。

最悪の事態を考えて、エルナを向かわせた。エルナなら上手くレオを止めてくれるだろう。

しかし、できればすべて上手くいってほしい。

そう俺が思っているとフィーネがニコリと笑った。

「大丈夫です！　レオ様はアル様の弟君ですから！」

「それは根拠にはならないと思うが？」

「なります！　アル様は多くの人を助けてきました！　レオ様もきっと大丈夫です！　私は信じています！」

ため息が出そうなほど楽観的な答えだ。しかし、今はそれがとても心にしみわたる。

「……正直、君も帝都の外に出そうか迷ってたんだ」

「えっ⁉　そんなのあんまりです！」

「ああ、そうだな。出さなくてよかったと今は思っているよ。君がいると助かる。良い判断だった」

そう言うと俺はシルバーの仮面をつけて、服を幻術で形作る。

シルバーの姿に変わった俺は一言、フィーネに告げた。

「少しの間、頼む」

「はい。お任せください」

そう言って俺は転移でその場をあとにしたのだった。

2

帝国東部。

そこには貴族が治める領地とは別の領地がある。

ドワーフ自治領。

皇国によって国を滅ぼされたドワーフに対して、父上が与えた自治領だ。広大な領地には複数の鉱山があり、そこから採れた鉱物でドワーフたちは多くの逸品を作り出す。

それは帝国領内に出回り、その美しさに魅了された者が金を出し、その技術に魅了された職人たちが負けじと対抗する。

ドワーフたちの懐も潤い、帝国にも多くの利益をもたらす。父上は居場所を失ったドワーフたちを上手く帝国に組み込んだのだ。

そんなドワーフ自治領に俺は飛んだ。

そこは精強なドワーフの精鋭たちによって守られている。帝国でも屈指の安全地帯であり、帝国とは違うルールがある場所だ。

そこにエゴールがいると俺は知っていた。ソニアとその家族を守るためだ。

転移したのは平凡な一軒家。

一歩前に出ると後ろから声が聞こえてきた。

「なんじゃ、お主か。来たなら一言挨拶しにこんか」

「挨拶する間もなく後ろを取った人のセリフではないな、エゴール翁」

「これでも護衛のつもりなのでな」

「なるほど。しかし、ドワーフ自治領でそれは過剰ではないか？」

ここを守るのはドワーフの戦士たち。自分たちが作った逸品で身を固め、戦場で恐れを知らないドワーフの戦士たちは、戦力換算でいえば人間の騎士の数倍はある。

皇国がジアーナを差し出して帝国と和睦を選んだのは、このドワーフの軍勢が帝国の支援を受けて復讐しに来るのが恐ろしかったからだ。

その自治領でＳＳ級冒険者であるエゴールまで気を張っているのはさすがに過保護というものだろう。しかし。

「いつもならそこまで気を張ったりはせんよ。今は特別じゃ」

「特別？」

そう言われて俺は結界で周りの様子を探る。すると明らかにドワーフの数が少なかった。

戦士と呼べる者はほとんどいない。

「何があった？」

「ドワーフ王が皇国に攻め込むと決めてのぉ。今は軍を率いて東部国境じゃ」

「なぜこのタイミングで?」

「式典に皇国の重鎮を呼んだからだそうじゃ。今の帝国に頼っては祖国を取り戻せんと語っておった。わしも止めたが、聞く耳をもってもらえんでな」

そう言ってエゴールはため息を吐いた。

ドワーフたちにとって祖国を取り戻すのは悲願だ。

だから今回の行動は不思議ではない。しかし、あまりにタイミングが悪い。

「ドワーフたちは本当に侵攻する気なのか?」

「それはないじゃろ。東部の元帥が止めておるよ」

「第一皇女か。それなら安心だな」

「そうじゃな。彼女は近場の貴族たちも呼び出し、ドワーフ王の説得に当たっているそうじゃ」

「近場の貴族? ラインフェルト公爵か?」

「たしかその貴族の名もあったのぉ」

人づてじゃから自信はないがのとエゴールは笑う。

だが、俺は違和感に眉をひそめた。

あのリーゼ姉上がユルゲンを東部国境に呼び出すだろうか? ユルゲンはたしかに人格者だ。

リーゼ姉上は説得には向かないし、ドワーフ王を説得するなら良い人選ではある。

しかし、そんな手段をリーゼ姉上が取るだろうか?

かなり怪しい。ユルゲンが見かねて駆け付けたというほうがしっくりくる。

実際のところはそうなのかもしれない。

だが、俺の頭の中では何かが引っかかる。

「何か悩み事かのぉ？」

「そんなところだ。近いうちに帝都で異変が起こる。というかすでに起きていて、手一杯だ。手を借りたい」

「お主には借りがあるからの。もちろん手を貸そう」

そう言ってエゴールは俺の言葉を待った。

エゴールへの貸しは一度だけ。大事に使うべき貸しだ。

この戦力をどこに向かわせるか。とても重要になる。

帝都に来てもらうか？　それとも別の場所に回すか？

しばし考えた後、俺は口を開いた。

「では……東部国境に向かっていただきたい。いざとなればドワーフ王を力ずくで止めてもらいたい」

「構わんが、わしが行かんでも元帥が止めると思うがのぉ」

「元帥と衝突したと知れれば帝国とドワーフの仲が悪化する。治安が悪化すれば冒険者たちが駆り出される。帝国の冒険者はそこまで暇ではない」

あちこちで起きた問題で冒険者たちは駆り出されている。

商人の護衛やら森から出てきたモンスターの討伐やら。今、冒険者は忙しいのだ。

これ以上の問題は許容できない。

そんな俺の言葉にエゴール翁は深く頷く。

「うむ、たしかにその通りではあるな。ではわしが行こう。わしが東部国境の砦に入れば、皇国も迂闊には動けんだろうからな」

「察しがよくて助かる」

エゴールはドワーフの国と皇国との戦いには参加していない。冒険者だからというのと、単純にその場にいなかったからだ。まぁ、その場にいたとしても参戦はなかっただろうが。

しかし、今回は傍にいる。皇国としても東部国境に隙ができたと思ってもエゴールがいるだけで動けないだろう。

エゴールが冒険者である前にドワーフであるということを選択したら、どれだけの兵力差も意味がなくなる。最悪、帝国からの逆侵攻を受けかねない。

そういう意味でもエゴールが東部国境にいることには意味がある。

「では、よろしく頼む」

「うむ、承った。しかし……お主は忙しい男じゃな。あの子に会ってはいかんのか？」

「必要ない。あなたが傍にいるのだろう？」

「もちろんじゃ。あの子に道案内してもらわんとわしは東部国境に行けんからのぉ」

わっはっはとエゴールは愉快そうに笑う。

そんなエゴールの様子に笑みを浮かべると、俺はその場を転移して離れた。

残念ながらゆっくりするほどの時間はない。

一度、帝都に転移し、そのままさらに西部へと飛ぶ。

向かう先はクライネルト公爵領。その屋敷の前に飛んだ俺は静かに門の前に出る。

「何者だ⁉」

「ＳＳ級冒険者のシルバーだ。クライネルト公爵に会いにきた」

「し、シルバー⁉」

門番が驚いたように後ずさる。

しばし動揺した様子だった門番だが、すぐに我に返って門を開けた。

「し、失礼しました！　あなたは無条件で通せと公爵のご命令です！」

「助かる」

そう言って俺は門を抜けて屋敷へと入っていく。

もう夜も遅いというのに屋敷は騒がしかった。しきりに人が行き来しており、その人たちは毎度俺の姿を見てギョッとしたような顔をしていく。

なぜここまで騒がしいのか。

疑問に思いつつ、俺はクライネルト公爵の部屋の扉を開けた。

「領内東部にいた騎士隊は呼び戻しました」

「急がせろ。最低でも朝までには五千の騎士を揃える」

部屋の中にいたのは鎧姿のクライネルト公爵だった。

俺の姿に気づいたクライネルト公爵は家臣を下がらせる。

「ようこそ、シルバー。残念ながら歓迎する暇はないのだ。手短に済ませられるだろうか？」

「好都合だ。こちらも時間がない。だが、その前に質問だ。この騒ぎはなんだ？」

「簡単なことだ。王国軍の動きが怪しいと西部国境から連絡が入った。この式典の最中に軍を動かすというのはただごとではない。西部国境守備軍はそう判断し、私に連絡してきたのだ。いざというときには援軍を頼むと」

「なるほど、さすがは国境守備軍。大したものだ」

「こちらも質問がある。なぜ王国軍は動く？　我が国は聖女レティシアがいるというのに」

「……俺が喋ったというのは内密に頼むぞ？」

「もちろんだ」

「——城で聖女の暗殺事件が起きた。事件の首謀者はダークエルフ。来賓として来ていたエルフに扮して、城に潜入していた」

「せ、聖女が暗殺されただと!?」

クライネルト公爵は顔を青くして、椅子から立ち上がる。

俺は落ち着くように両手で諌める。

「続きがある」

「早く言ってくれ……」

「聖女の暗殺は偽装だった。聖女は拉致されたのだ。それを現在、レオナルト皇子が追っている。おそらくこの一連の事件には王国も絡んでいるんだろう。王国軍がこのタイミングで動いているのが良い証拠だ」

「……いますぐにでも倒れてしまいそうだ」

クライネルト公爵は天井を見上げて、額に手を置く。

まぁ拉致されたという時点でまったくもって大丈夫じゃないからな。

レオが失敗すれば経緯はどうあれ、帝国が悪者だ。

王国との関係は決して修復できないものになるだろう。

「疲れているところ申し訳ないが、これからが本題だ」

「やめてくれと言ったら喋らないでくれるか？」

「無理な相談だな。帝都で反乱の気配がある」

「……ゴードン皇子か」

「ご名答。まだ可能性の段階だが、帝都は手薄となった。仕掛けるなら明日だろう。何事もなければいいが……何か起きれば皇帝を守る者は少ない」

「いいだろう。万が一、反乱が起きたならば帝都に向かう」

「話が早くて助かる。といっても、周到な反乱の場合は俺も身動きがとれん。準備だけはしておいてほしい。動けるようになれば帝都までの道は開こう」

「それは問題ない。どうせ王国軍に備える必要があるのだから。時間があるならば他の諸侯にも声をかけておこう。我々が帝都に向かえば、西部国境に援軍として向かえる軍がいなくなってしまうからな」

そう言ってクライネルト公爵は今後の方針を素早く示した。

さすがは皇帝にも信頼される公爵だ。

「では俺は失礼する」

「シルバー。最後に質問がある」

「なにかな？」

「君を送り出したのはアルノルト皇子かな？　いくら君でも城の内情まで手に取るようには知れないはずだ。あの皇子が動いているのだな？」

「だとしたら？」

「いや、伝言を頼みたいのだ。娘を頼むと」

その表情はにこやかで、口調には信頼がにじんでいた。

「ずいぶんと信頼しているようだな？　出涸(でが)らし皇子を」

「他人の評価など気にはしない。私は娘が信じるあの皇子を心の底から信じている」

「そうか……では伝えておこう」

そう言って俺はフッと笑って転移門を開いた。

この親にしてあの娘ありといったところか。

そんなことを思いながら俺は帝都に戻ったのだった。

3

帝都に戻った俺をフィーネが出迎えた。

連続での転移魔法。これから何が起こるかわからない状態では痛い出費ではあったが、これで皇国が動き出しても問題ないし、いざというときのまとまった軍は確保できた。

「お帰りなさいませ。アル様」

「ああ、ただいま。といっても休むわけにはいかないけどな」

そう言って俺は机の上に紙と筆を広げた。

トラウ兄さんの参戦で戦力に余裕が生まれたものの、ルーペルトも守らなければいけない。

「長兄の側近というなら〝あの二人〟は確実だろうし、クリスタは心配ないな」

「あの二人？」

「ああ、トラウ兄さんが長兄の側近を呼びよせて、クリスタの護衛をしてくれることになった。長兄に側近と呼ばれる部下はそれなりにいたけれど、トラウ兄さんにまで忠義を尽くす人は少ない」

あくまで皇太子ヴィルヘルムが好きなのであって、その血筋や関係者はどうでもいい。そう思う側近も多い。だからこそ、多くの者が他の者に仕えたりはしなかったのだ。

その中にあって、皇太子だけでなくてトラウ兄さんにも忠義を誓う側近が二人いた。

二人は兄弟であり、皇后の従妹の息子たちだった。皇太子とトラウ兄さんにとっては又従兄にあたる。

早くに亡くなった従妹に代わり、皇后はその二人を城に呼び寄せて皇太子の遊び役とした。こうして幼い頃より皇太子と共に育ち、皇后、皇太子、トラウ兄さんと家族のように育った二人は、皇太子の最初の部下となって常に傍にいた。

皇太子の最後の戦い以外は。

長年仕えた二人が皇太子の訃報を聞いたのは皇后の傍だった。北部視察前に風邪を引いた皇后のために皇太子が二人を帝都に残したのだ。

大事な主君であり、兄弟のようだった皇太子を守れなかったと悔やんだ二人は、父上の引き留めも断り、どこかに姿を消した。

居場所を知っていたのはおそらく皇后とトラウ兄さんだけ。その兄弟の名は。

「ライフアイゼン兄弟。皇太子の又従兄にあたり、側近中の側近。兄は勇猛な将軍であり、弟は頭脳明晰な参謀だった。皇太子は多くの武功をあげているが、そのすべてにこの二人は絡んでいる。皇太子やトラウ兄さんにとっては部下というよりは家族。義兄のような存在だった」

「名前だけは聞いたことがあります。皇太子殿下の両翼と呼ばれた方々ですね？」

「ああ、この二人が傍にいれば長兄はきっと命は助かっていた。忠義に厚く、機転の利く人たちだったからな」

「そのような方々が来てくれるなら安心ですね！」

「心強いことは心強いが、安心とはならない」

この二人は一度、父上の引き留めを断っている。

それなのにトラウ兄さんの助力に駆け付けるのはいただけない。

そこらへんはトラウ兄さんも考えているだろう。きっと、たまたま式典に来ていた二人がトラウ兄さんに助力する。そういう流れを取るはずだ。

しかし、そうなると二人の行動は常に後手ということになる。

「二人が間に合えば間違いなくクリスタの安全は確保されるが、二人が来るまではトラウ兄さんに期待するしかない」

「それは……大丈夫なのですか？」

「あれでなかなかに剣も使えるし、状況把握能力も高い。あの人だって長兄と同じ教育を受けているんだ。そこらの兵士には後れは取らないだろうさ。問題なのはゴードンが動いたときにどれだけの将軍が加担するかだ」

帝国軍は三人の元帥がトップに立つ。

二人は東西の国境守備軍を率いており、一人は帝都にて皇帝の補佐と全体指揮に当たる。

その下には、各軍隊を率いる現場指揮官、将軍がいる。

将軍の中にも自らの軍隊を持たないフリーの将軍や、精鋭部隊を率いる将軍など、いろいろといるのだが、基本的には将軍の下には一つの軍が存在し、将軍の意思決定で動く。つまり、ゴードンに加担する将軍が多ければ多いほどゴードンの勢力は巨大になるということだ。

一般の兵士に善悪の判断を求めるのは酷だ。上官の命令は絶対だと常々訓練されているしな。将軍が帝都を攻撃すれば、迷いながらも大半の兵士はそれに従うだろう。

そして今回の式典には多くの将軍が参加している。当然のことだが、将軍に上り詰めるような奴(やつ)らは個人として強いか、もしくは強い部下を持っている。

そういうレベルの相手が来ればトラウ兄さんも苦戦は免れない。

「アル様はどれくらいの将軍がゴードン殿下に協力すると思っているんですか？」

「最悪、帝都にいるすべての将軍が敵に回る可能性もある」

「全員ですか⁉」

「可能性の問題だ。帝国軍は身分の低い者や貴族の家でも跡継ぎになれない奴が集まっている。彼らは武功をあげて出世したいし、帝国軍を優遇してくれる皇帝を欲しているんだ」

「皇帝陛下が帝国軍をないがしろにしていると？」

「ないがしろになんてしてないさ。ただ、もっと優遇してほしいって話なんだ。現状、帝国軍の仕事は国境警備。貴族の領内では騎士たちが動くし、モンスター退治は大抵、冒険者に回される。そうなると帝国軍内で出世するには戦争がないといけない。しかし、近年の父上は他国との戦争には乗り気じゃない。当たり前だ。長兄を他国との戦争で失ったからな」

父上だって人間だ。

帝位争いならば諦めもつくだろう。それは伝統であり、帝国のための儀式みたいなもんだ。

そうやって父上も皇帝になった。だが、他国との戦争で息子を失うのはわけが違う。

怒りに任せて戦争というのは皇帝には許されない。やり場のない怒りと悲しみを胸に閉じ込めて、父上はここ数年を過ごしている。そんな父上は帝国軍の過激派から見れば軟弱に映るんだろうな。

「悲しむことすら許されないのですか……？　皇帝陛下は」

「許されるさ。ただ全員を満足させるのは難しいんだ。戦争なんて金の無駄遣いと思っている文官たちは、最近の父上を高く評価しているはずだ。しかし、その反対側にいる帝国軍の将軍たちは違う。そういう考え方の違う奴らを上手くまとめるのが皇帝ってもんだ。今までは父上も上手くやってた。長兄が死んだあとに、父上はバランスを欠いたってことだろうさ」

軍部の不満をどこかで解消する必要があった。吸血鬼との一件があったとき、近衛騎士団だけではなく軍部を使うことだってできた。しかし父上は近衛騎士団を重宝した。

能力的には当たり前のことだが、軍部からすればそれも不満に思えてしまう。

「だから全員が敵に回る可能性がある。もはや軍部の人間はほとんど信用できない」

「で、ですけど！　帝都に集まった将軍が全員敵に回ったりしたら……！」

「多勢に無勢だ。レオの管轄になっている帝都守備隊、あとは近衛騎士団。そのほか微々たる戦力が父上の戦力になる。帝都守備隊はあくまで通常時の帝都の治安維持が仕事だ。それですら法務大臣管轄の警邏隊と分け合っている。だから現在、帝都にはかなりの数の軍が展開されている。万が一に備えてな」

「迎え撃つはずの剣が自分に向く……」

「その通り。だが、奴らの目は必ず父上に向く。絶対に逃がさず、最低でも捕らえることを命令されるはずだ。それに父上は抵抗するだろう。その両者の争いの間に俺たちは暗躍する」

向こうが全力でこちらに戦力を傾ければひとたまりもないだろうが、そんなことはありえない。第一目標は父上になる。これは絶対だ。

「アル様……なんだか皇帝陛下を囮にすると言っているように聞こえるんですが……？」

「当たり前だ。そう言ってるんだから」

「怒られませんか……？」

「命を助ければ文句は言われないだろうさ。そもそも父上を守るのは俺の仕事じゃない」

「たしかに宰相閣下もいますし、大丈夫だとは思いますが……」

フィーネが不安そうにつぶやく。

仕方ないだろう。今までとは問題の大きさが違ってくる。

俺たちの勢力の問題ではなく、帝国全体に関わる問題、皇帝の命が関わってくるからな。

だが、しかし。

「心配したってしょうがない。俺たちは城の中で動き、父上は城の外の問題に対処する。それしか手がない以上は、その中でやれることをやるだけだ。ゴードンが反乱を起こすなら必ず帝都は封鎖される。俺たちの役目はその封鎖を解くこと」

「封鎖を解いたあとはどうされるんですか？」

「レオたちに期待だな。あとはシルバーとして自由に動けるならクライネルト公爵を帝都に引き寄せる。だが、それでもやっぱりレオの戦力は大事になってくる」

「レオ様がレティシア様を助け、帝都まで来てくれることを願うしかないということですか……成功自体は疑いませんが、そんなに早く向こうの問題が片付くでしょうか？」

「それはわからん。けど、信じて待つしかない。すでに俺たちは敵軍の中にいるようなもんだからな。包囲されたも同然だ。なんとか包囲の一角を崩すことはできても、根本的な解決は外からの助けを待つしかない」

そう言いながら俺はこれからの計画を紙に書いていく。

できるかぎりのパターンを考えていくしかない。そんな俺にフィーネは紅茶を差し出す。

「頑張りましょう！」

「ああ、頼りにしてる」

そう言って俺は紙に向かい続けたのだった。

4

夜明け前。

俺はミアとアロイス、そしてフィーネを部屋に集めていた。

「朝からすまないな」

「ううう……やっとメイドの仕事から解放されましたですわ……」

「お疲れ様です。ミアさん」

「本当に疲れたですわー!!　あのメイド長！　鬼のように厳しいんですの！」

ミアがメイド服姿で半泣きの顔を見せた。

慰めるフィーネに縋りつき、メイド長の仕打ちをどんどん告発していく。

「ベッドのシーツが整っていないとか！　掃除が行き届いていないとか！　誰もそんな細かいところまで気にしませんですわ！」

「城のメイドだからな。そりゃあ細かいところを求められるだろうさ」

「わかっていて送り込んだですわね⁉　私の心は戦う前からボロボロですわ！」

「ボロボロでも契約は契約だ。金も渡している。きりきり働け」

「ここにも鬼がいましたですわー⁉　メイド長がメイド長なら、皇子も皇子ですわー!!　わーん!!　フィーネ様ー!!」

そう言ってミアはおんおんとフィーネの胸の中で泣き始めた。

そんなミアをフィーネは苦笑しながら慰めていく。

まったく、話が進まないな。

そう俺が思っているとアロイスが口を開く。

「殿下。僕は殿下の護衛をすればよいのでしょうか？」

まだ十代前半というのに、アロイスはミアより大人だ。

次に自分がすべきことを確認してくるということは、先まで見えているということでもある。

「それも考えたが、君には第十皇子ルーペルトの護衛を頼む」

「僕が第十皇子の護衛ですか？　面識はありませんが……」

「クリスタとルーペルトは接待役でもないし、まだ幼い。父上は闘技場での武闘大会を見せたりはしないだろう。そうなると城で待機という流れになるが、ゴードンが反乱を起こした場合は城の制圧が第一になる。二人の安全を確保しなければ人質に取られることになってしまう」

「なるほど、理由はわかりました。クリスタ殿下はアルノルト殿下が護衛するのですか？」

「いや、クリスタの護衛は第四皇子トラウゴットが担当する」

そう俺が告げるとアロイスは微かに不安な表情を見せた。

トラウ兄さんで大丈夫か？　という顔だな。

まぁ評判からすれば仕方ないな。

そう俺が思ったとき、ミアが思い出したかのように騒ぎ出した。

「第四皇子!?　あの大きな皇子ですわね!?」

「ん？　知り合ったのか？」

「知り合いではありませんですわ！　あの皇子！　私が横を通り過ぎたとき！　年が行き過ぎていると言ったんですわ！　私はまだピチピチですわー!!」

「あの人の趣味嗜好は特殊だからな。まぁ能力だけはあるから安心しろ」

「殿下がそうおっしゃるなら僕から言うことはありません。ですが……殿下の護衛はどうなさるおつもりですか？」

アロイスの言葉に俺は苦笑する。

突っ込まれて当然か。

城が戦場になるなら非力な俺はどうするのか？

フィーネの護衛はミア。クリスタの護衛はトラウ兄さん。ルーペルトの護衛はアロイス。

それぞれの役割は決まっている。

「私が二人分働きますですわ！」

「そこまで期待はしていない」

「ガーンですわ⁉」

意気揚々と宣言したミアに俺は即座に告げた。

一瞬で否定されたミアはショックを受けた表情を浮かべた。

そんなミアに対してフィーネが優しく話しかける。

「一人で無理する必要はないということですよ」

「そんな風には聞こえなかったですわ！」

「アル様は言葉足らずですから。大丈夫です。アル様の護衛はちゃんといますから。そうですよね？」

そうやってフィーネは話を誘導する。

その言葉に俺は頷く。

すると部屋の扉の前に一人の人物が現れた。

「心配無用、皇子の護衛は——俺が引き受けよう」

そう言って現れたのは灰色のローブを頭まで被った謎の人物。フードの中の顔は見えず、見るからに怪しい。

しかし、その人物を見た瞬間、アロイスは顔を輝かせた。

「グラウ！」

「元気そうで何よりだ。アロイス」

「何者ですの？」

「流れの軍師、グラウ。アロイスと共に帝国軍一万を打ち破った男だ」

「ゲルスでの戦いでは軍師がいたとは聞いていましたけれど……あなたが？」

「いかにも」

「信用できませんですわ。人前に現れるのに幻術を使う者ならなおさら」

さすがはミアだな。

俺が作り出したグラウの幻術を一目で見破ったか。

「非礼は謝罪しよう。しかし帝国軍に敵対した身なのでな。姿を現すときは慎重なのだよ。俺は貴族ではないのでな」

「……本当にこんな陰気そうな者を信用するんですの？」

「散々な評価だな」

「私、人を見る目には自信があるんですわ！　確実にこの者は性根がひん曲がってますわ!!」

そうミアはグラウを指さして言った。

それは当然ながら俺にも向けられた言葉であり、俺は苦笑するしかなかった。

「み、ミアさん！　グラウは信用できる人なんです！　僕が保証します！」

「アロイス様は騙されているんですわ！　私にはわかりますですわ！　この男はきっと人の不幸を笑うタイプの人間ですわ！」

「ちょっ⁉　ミアさん⁉」

グラウの正体がシルバーだと知っているアロイスは慌てる。そのシルバーの正体が俺であると知っているフィーネはクスクスとこの状況を笑う。

ミアはグラウを信用しきれないようだが、それはどうにでもなる。

「ミア、グラウを信用しなくてもいい。それぞれやるべきことをやればそれでいいんだからな」

「あなたは信用していると？」

「少なくともゴードンの側には付かないだろうことは確かだ。今の俺にはそれで十分なんだよ。人手は足りないが、守るべきものは多いからな」

「……わかりましたですわ。けど、私は信用しないですわよ⁉」

「ああ、それでいい」

そう言って俺は話のまとめに入る。

「今日は祭りの最終日。闘技場で大々的に武闘大会が開かれ、帝都全体の視線はそちらに向く。ゴードンはそれを利用して城の制圧にかかるだろう。俺たちはまず城内での安全を確保する。

それが第一段階。アロイスはルーペルトを、トラウ兄さんはクリスタを、ミアはフィーネを。それぞれ頼むぞ」

「御意」

「かしこまりましたですわ！」

「それができたら第二段階だ。帝都最強の防衛機構である天球をゴードンは発動させるだろう。その中心はこの城だ。宝玉をセットし、皇族が血を流し込むことで展開される。それで外部との接触はすべて断たれる」

「そうだ。だからこそ、この場にいる者で動ける者が宝玉の奪取に動く」

グラウの言葉にミアは眉を顰める。

しかし不満を口にしないのは、ここは口を出すところではないと察したからだろう。

「そのとおり。俺とグラウは城に潜みつつ、指示を出す。天球の発動には最大で五個の最高純度の宝玉が必要だが、三つからでも発動はできる。ゴードンが用意できるのはきっと三個か四個だろう。発動しさえすれば帝都を隔離できるからな」

「つまり一つか二つ奪えば発動できなくなるということですね？」

「そうなるな。まぁ外にいる戦力を考えれば一つ奪えば十分だろうけどな」

エルナの聖剣ならきっと宝玉三つの発動の天球ならどうにか破壊できるはずだ。

天球が破壊されれば最高純度の宝玉も砕けるが、惜しんでいても仕方ないだろう。

ゴードンもそこは警戒しているだろうし、三個だけということはないだろう。

四個で発動されればさすがの聖剣でも厳しい。だからこそ内部の働きが大事になってくる。

「制圧された城の中で警備が厳重な宝玉を奪取するというのは、至難の業だ。無理は百も承知。命を賭けることになるだろう。頼れる者は数少なく、敵は多数。それでもやらなければいけない。申し訳ないが——命を俺にくれ」

都合のいい話だ。

それでも頼むことしか俺にはできない。

そんな俺の勝手な頼みに全員が頷いてくれた。

日が城を照らし、朝日が部屋に差し込む。

「よし——では暗躍開始だ」

こうして俺たちの暗躍が始まったのだった。

5

武闘大会の開催は正午から。

それまでは祭りの中でイベントが行われ、クライマックスである武闘大会へ盛り上げていく。

本来、武闘大会までは自由時間のため、要人たちとその接待役である皇子、皇女は外に出ることができる。

しかし、前日に聖女の拉致というとんでも事件が起きたせいか、各要人たちの動きは鈍い。

第二、第三の標的にされたらたまったもんではないからだ。

そんな中、暢気(のんき)に俺の部屋でゴロゴロしている要人もいるわけだが。

「つーかーれーたー」

「はいはい。お疲れ様」

そう言って俺はソファーの上で横になるオリヒメをねぎらう。

オリヒメは皇旗によって無力化された玉座の間の結界を一晩で修復してみせた。その代償として徹夜する羽目になり、相当疲れたようだ。

本来なら帝国をあげて感謝し、お礼しなけりゃいけないし、実際にそういう申し出もあったのだが、オリヒメはそれを断って俺の部屋でゴロゴロしている。

本人いわく、慣れていないところでは気が休まらないらしい。

縄張りという言葉が一瞬よぎったのは内緒だ。

「なんだか感謝されていない気がする」

「感謝してるぞ。とってもな」

「感謝が言葉から感じられぬー」

いつもなら騒ぐところだろうに、オリヒメはソファーでぐったりしたまま動かない。

本当に疲れているんだろう。

玉座の間は皇帝の居場所。その警備に重要な役目を担っている結界の再構築は急務だった。

だからこそ、オリヒメには無理をしてもらったのだ。

オリヒメにとって大きな結界を展開するよりも細かい結界をいくつも作るほうが精神的に疲れるらしい。

本当に帝国はオリヒメに頭が上がらないな。

「じゃあどうしたら感謝が伝わるんだ？」

「うーむ……もっとこう、妾を崇め称えよ。つまり褒めよ」

「褒めよと言われてもな……」

今のオリヒメは疲れ切っており、いつもの元気の良さがない。

性格的に難のあるオリヒメは元気の良さだけが取り得と言っても過言ではない。元気のないオリヒメなんて、ただの偉そうなやつだからな。

褒めるところがないと思いつつ、俺は尻尾に着目した。いつもならオリヒメの感情を面白いぐらいに表す尻尾だが、今は疲れからかだらーんとしている。

「前から思っていたが……良い尻尾だな」

「むむ！　さすがアルノルトだ！　よいところに目がいくではないか！　尻尾は妾のチャームポイントの一つだぞ！」

「ああ、うん。そうだな」

思った以上に食いついてきた。

どうしよう、なんとなくで褒めたから詳しいこと聞かれたら困るんだが。

「どこがよいと思う!?　妾としては手触りなのだが、形を褒める者もおるぞ！」

「えっと……形だな。ふっくらしてて、なんとなくいい感じだ」

「うむ！　なかなか褒め上手ではないか！」

これで褒め上手なら世の中、褒め上手で溢(あふ)れかえってる。

たぶん物事を自分の都合のいいほうに取る傾向があるオリヒメのことだ。俺の雑な褒め言葉もうまく勘違いして素晴らしい褒め言葉に脳内変換しているんだろう。

まぁ、勘違いしてくれるならそれでいい。機嫌を損ねるよりはよっぽどマシだ。

「失礼します。アル様、オリヒメ様」

「おお！　フィーネ！」

部屋に入ってきたフィーネを見て、オリヒメが飛び起きる。

そしてフィーネに抱きつくと、そのままソファーのほうへ引きずってきた。

そんなフィーネの手にはお菓子が載ったお盆があった。

「疲れたときは甘い物に限るからな！」

そう言ってオリヒメはフィーネと共にソファーに座って、お菓子を食べ始める。

その食べる勢いがすごいため、喉に詰まらせるんじゃないかと心配になるが、案の定、オリヒメはお菓子を喉に詰まらせた。

「ぐっ⁉」

「はい、お水です」

あらかじめ水を用意していたフィーネは、手早くオリヒメにそれを手渡し、オリヒメも勢いよく水を流し込む。

そして呼吸が整うと、オリヒメはまたお菓子を食べ始めた。

「もうちょっと落ち着け」

「ならん！　ここで少しでも回復しておかねば後に差し支えるでな！」

「武闘大会に参加でもする気かよ……」

俺は呆れ、フィーネは微笑ましそうにオリヒメのことを見つめる。

そしてそのまま時間が流れていく。

この平和な時間がずっと続けばいいと思ったが、そうもいかない。

正午が近づき、城はもちろん帝都全体が慌ただしくなり始めた。

「失礼いたします。アルノルト殿下、オリヒメ猊下、フィーネ様。今後のご予定はどうされますか？」

護衛についていた近衛騎士がそう俺たちに訊ねてきた。

フィーネはもちろん城に残る。名目としてはクリスタが心配だというものだ。

ダークエルフの襲撃によって、クリスタは危険に晒された。そのクリスタの傍にいたいと言えば誰も文句は言わない。

問題は俺とオリヒメだ。オリヒメの状態的に部屋で大人しくしていると思ったが、今は少しだけ元気になっており、闘技場に向かう気満々だ。

できれば城にいたいのだが、オリヒメが出向くならついていかなければいけない。俺は接待役だからだ。

まぁ帝都内なら天球が発動しても転移はできるし、やりようはあるといえばあるんだが。

城の状況把握が少し遅れてしまうのは避けられない。

やはりその場にいたほうが手は打ちやすいし、抜け出すにしても自然な形で抜け出さないといけない。

セバスがいない以上、誤魔化すのも難しいしな。

できれば行かないと言ってほしいんだが。

「妾は無論行く」

「私はクリスタ殿下のお傍にいます」

「わかりました。では馬車を用意しておりますので、準備ができましたらお声がけください」

そう言って近衛騎士が下がる。

まぁこれは仕方ない。

「じゃあ行くか」

そう言って俺が椅子から立ち上がるとオリヒメが首を傾げた。

「うん？　行くのは妾だけだぞ？」

「はぁ？　そういうわけにもいかないだろ？　俺はお前の接待役なんだから」

「寝言は寝て言うがよい。そなたは妾の接待役の前に〝帝国の皇子〟であろう？」

それは意外すぎる言葉だった。

オリヒメは真っすぐに俺を見つめ、静かに微笑む。

「この都にはずっと不穏な臭いが漂っておる。嫌な臭いだ。そなたの弟が聖女を助けにいってもこの臭いは消えるどころか、濃くなっておる。そなたはそれに対処するのであろう？」

「オリヒメ……」

「顔に城にいたいと書いておるしな。対処のためにそなたが城にいなければいけないというなら、寂しいが妾一人で向かおう。城で何か起こるなら今の妾は大して力にはなれんからな。正直、立っているのも辛い。動かずに結界を張るくらいが関の山。それでは迷惑がかかってしまうのだろう？」

そのとおりだ。万全のオリヒメならいざ知らず、今のオリヒメは疲れ切っている。

仙姫と言われるオリヒメだ。結界はいくらでも張れるだろうが、体の疲労はいかんともしがたい。体力が尽きて、結界すら張れなくなれば人質が増える。

今回の一件、すぐに終わるとは限らないのだ。

そもそも仙姫は勇者とは違って、戦士ではない。そんなに無理はさせられない。

「気を遣う必要はない。辛いならここにいろ」

「気を遣っているわけではない。そなたがここでやることがあるならば、妾も闘技場でやることがあるだけだ」

「疲れているんだろう？　玉座の間の結界を一日で修復したんだ。休んでいい。これは帝国の問題だ」

「おや？　妾の勘違いであったか？　仙国と帝国はすでに友好国だと思っていたが？　友好国の問題は我が国の問題と同義。安心せよ、一度助けるのも二度助けるのも大して変わりはない」

「……」

「これはただの我儘だ。妾はそなたの力になりたい。そなたの悲しい顔は見たくない。ここでは役に立てぬなら妾は妾が役に立てるところに向かおう。あいにく勇者が不在ゆえな。あの勇者が戻るまでは、勇者の代わりに妾がそなたが守れないモノを守ってみせよう。そなたの父と民には妾が指一本触れさせはせん」

強がりだ。そこまでの結界を張れるわけがない。

それでも俺にはそのオリヒメの言葉に甘えるしかない。

「いつか……この借りは返す」

「うむ！　いつか返すがよい！」

そう言ってオリヒメは手を振って、笑顔で部屋を出ていった。

これで何も起きなければ、俺は要人を一人で向かわせた不届き者だが、オリヒメも不穏なものを感じている。

きっと何かが必ず起こる。

「……お優しい方ですね。オリヒメ様は」

「ああ、そうだな」

他国の者にここまでさせて、失敗しましたでは済まない。

「必ず防ぐぞ。絶対にだ」

「はい！」

6

正午に近づくにつれて、闘技場は人で満たされていった。

その様子を最も高いところにある特別席で見ていた皇帝ヨハネスは、要人たちがなかなか集まらないことにため息を吐いた。

「来賓で来ているのは誰だ？」

「アルバトロ、ロンディネの両公国の来賓とソーカル皇国の来賓です」

「連合王国と藩国は欠席か……」

「はい。どちらもレティシア様が拉致された際に重要参考人としてお部屋に留まっていただきましたが、その対応が不服だそうです。まぁ犯人として疑われたのが気に入らないということですね」

「ふん、王国との関係を考えれば疑われて当然だろうに……」

ヨハネスはそう言って残る来賓のことに触れた。

「ウェンディ殿と聖女殿は仕方ないにしろ、仙姫殿はどうした？」

エルフの里からの来賓であるウェンディは城の部屋にいる。

行動制限され、軟禁に近い状態だが、関わった事案の大きさを考えれば寛大な処置といえた。

そして聖女レティシアは拉致されているため、現在帝都にはいない。

この二人がこの場にいないのは仕方ないことだった。

しかし、仙姫オリヒメは違う。

「まだ報告はありませんが、玉座の間の結界を復旧させるのに無理をしていただいたので……」

「あんなもの後回しでいいと言ったではないか」

「そういうわけには参りません」

「疲れたので行かないと仙姫殿が言ったらどうする？　聖女レティシアがいないだけでも不審がられるだろうに、仙姫殿までいないとわかれば民は不安がるぞ？」

「それでも結界の復旧は最優先だったのです。それに武闘大会が開かれれば民の不安は最小限に抑えられます」

問題が立て続けに起きたにもかかわらず、中止という手段を取らなかったのは民に不安を与えないためだった。

それは重臣たちで協議した結果だった。また、外務大臣であるエリクが皇国の来賓より、皇国が帝国に侵攻することはないと言質（げんち）を取っていたことも大きかった。

皇国が今回の一件に関わりないならば、王国、連合王国、藩国の三国が相手ということになる。それならば想定していた事態なため、慌てるほどではないという判断だった。

それだけヨハネスは帝国国境守備軍に自信を持っていたし、それだけの実力を兼ね備えた精鋭たちが国境守備軍にはいた。

「それはそうだろうが……」

フランツの言い分にヨハネスはため息を吐く。

ヨハネスにとってこの武闘大会は自身の即位二十五周年を締めくくる一大イベントだった。

そして最近、帝国に起こったいくつもの問題を民に忘れさせるイベントという側面も持っていた。

そのために諸外国から知名度のある来賓を呼んだのだ。

ここで顔を見せてくれないならば、何のために呼んだのかという話になってしまう。

そんな風にヨハネスが考えていると、民がわーっと沸いた。

「何事だ？」

「仙姫様が来られたようです」

見ればオリヒメが民に見えるように目立ちながら闘技場に入って来ていた。

民たちに手を振りながら、オリヒメは笑顔でヨハネスの下までやってくる。

「よくぞ来られた、仙姫殿」

「うむ、なかなか疲れたぞ。皇帝陛下。徹夜ゆえな」

「ご迷惑をおかけした。感謝申し上げる」

「感謝はすべて終わったあとにたっぷりといただく。今は妾（わらわ）を特別扱いせよ。それで聖女がいないことも少しは誤魔化せよう」

そう言ってオリヒメは皇帝の隣の席を指さした。

通常、今いる部屋は皇帝と皇后が座る椅子しか用意されていない。

そこに入れろとオリヒメは言ったのだ。

狙いは仙姫が皇帝と親しいというところを民に見せること。目に見える話題があれば、誰もいない者を気にしない。

「なるほど。重ねて感謝申し上げる。フランツ、椅子を用意せよ」

「はっ。かしこまりました」

そう言ってヨハネスの隣に豪華な椅子が用意され、オリヒメはそこに座って座り心地を確かめる。

「うむ、フカフカだな！　それによく見える。特等席だ！」

そう言ってオリヒメは周囲を見渡す。

そしてあることに気づいた。

「むむ？　いつも皇帝陛下の傍にいる近衛騎士団長がおらんようだが？」

「アリーダには城を任せておる。フランツがそういう配置にしたのだ。此度の采配はフランツに一任しておるのでな」

「ふむ、妾に結界を急ぎで直させたことに関係あるのか？」

「申し訳ありませんが、警備の問題に関わるので詳細は伏せさせていただきます」

「なるほど。ではあの近衛騎士団長がいなくて、皇帝陛下の護衛は手薄にならんのか？　というのも聞かせてもらえんのだろうな」

「申し訳ありません」

「すまんな、仙姫殿。宰相は融通が利かんのだ」

「気にするでない。宰相は秘密主義のようだ。帝国宰相はそれくらいでないと務まらんと見える」

「ご理解いただき、ありがとうございます。ところで話は変わりますが、仙姫様。アルノルト殿下はどちらに？」

オリヒメの接待役であるアルの姿はどこにも見えなかった。

他の来賓がいる場所にいるのかと、フランツは目を走らせたがそこにいる様子もない。

「アルノルトか。城に置いてきたぞ」

「置いてきた？　あの馬鹿息子が何かやらかしましたかな？」

「アルノルトはよくやっておる。とても楽しませてもらっている。それゆえに置いてきた。妾は最初から皇帝陛下の隣に座る気だったのでな。そうなるとアルノルトの居場所がなくなってしまう。可哀想（かわいそう）かと思ってのぉ」

「なるほど。ご配慮いただき感謝する」

「感謝するのはこちらのほうだ。アルノルトは妾によく配慮してくれた。他の皇子ではこうはいかなかっただろう。妾はアルノルトを気に入ったぞ。良き皇子を接待役にしてくれた」

そう言ってオリヒメは満面の笑みを浮かべる。

その評価にヨハネスは少し驚いた表情を見せるが、すぐにフッと笑う。

「そうでしょうとも。あれはワシに似ておりますのでな」

「まったくです。気まぐれなところはそっくりかと」

フランツの言葉を聞き、ヨハネスはジロリと睨むが、フランツはどこ吹く風で受け流す。

そんな会話をしていると来賓たちに挨拶していた皇后、ブリュンヒルトが部屋に戻ってきた。

「これは仙姫様」

「お邪魔している。皇后陛下。邪魔をして心苦しいのだが、妾の我儘ゆえ許してほしい」

「何をおっしゃいます。仙姫様なら大歓迎です」

そう言ってブリュンヒルトはオリヒメを歓迎するが、それが本心かどうかは定かではなかった。しかし、この場にそれを気にする者はいない。

ヨハネスはブリュンヒルトの機嫌よりもオリヒメの提案を優先させるし、フランツもそうだ。

そしてオリヒメもそれがわかっているため、ブリュンヒルトにそこまで配慮したりはしない。

さらには当のブリュンヒルトですら、この場では自分の感情が二の次だと理解していた。

本来、皇后はそういう存在であり、そういう風に振る舞わなければヨハネスは容赦なくブリュンヒルトをさらに遠ざけるだろう。

二人の溝はラウレンツの一件でさらに広がっているからだ。

少しだけ張り詰めた部屋の中で、オリヒメは鐘の音を聞いた。

正午を告げる鐘だ。

「時間か。では始めるとしよう」

ヨハネスは椅子に座ったまま片手をあげる。

それが合図となり、ずらりと並んだ角笛を持った騎士たちがそれを吹く。

笛の音は帝都中に響き渡る。

それが終わるとヨハネスは立ち上がって、大声で宣言した。

「これより！　武闘大会を開催する!!」

その言葉の後には大歓声が響き渡る。

それを聞きながらオリヒメは小さくつぶやいた。

「そなたの武運を祈るぞ……アルノルト」

そのつぶやきの後、オリヒメはゆっくりと神経を研ぎ澄ます。

嫌な臭いはこれまでにないほど濃くなっていた。

第二章　天球

Episode 2

1

フィーネの護衛として、俺の部屋に来ていたミアが意気込む。

「いつでも掛かってこいですわ!!」

「すぐには動かんよ」

すでにミアは弓を持って臨戦態勢だ。準備万端、いつでも行けるという姿勢を見せるのは構わないし頼もしい限りだが、今から気合を入れられて本番のときに力尽きても困る。

「正午の鐘か」

「なぜですの？」

「まだ武闘大会が始まったばかりだからですね？」

「そのとおり」

フィーネの言葉に俺は頷く。

しかし、ミアは首を傾げた。

「始まったなら動くのでは？　城の警備はいつもに比べれば相当手薄ですわよ？」

「武闘大会が始まったから動くんじゃない。武闘大会に注目が集まるから動くんだ。今はまだ始まったばかり。熱を帯びて、多くの者の視線が集中しているときこそ動き時だ」

「暗躍は人の見ていないところで。そういうことですね？」

「そうじゃなきゃ暗躍にはならないからな」

フィーネの言葉を受けて俺がフッと笑うと、ミアがぼそりと悪い笑みですわとつぶやく。

そんな悪い笑みが出る俺の考えが読める時点で、フィーネもだいぶ悪い奴になったと思う。

伊達に秘密の共有者ではないか。

「では大人しくしておくのですの？」

「やれることはやる。アロイスはルーペルトのところに行ったし、トラウ兄さんは今頃、クリスタのところだ。護衛の態勢は整った。ここからどう動くかは相手の出方によるが、予想できることもある」

「まどろっこしいですわ！　私は何をすればいいんですの!?　敵を見つけてドーンじゃダメですの!?」

ああもう！　とミアが机をバンバン叩く。

明らかに悪い奴を成敗！　という戦い方をしていたミアからすれば、今の俺たちの戦い方はまどろっこしいと感じてしまうんだろう。

ミアは義賊。悪い奴を見つけては攻め込み、罰を与える側だ。行動はすべて先手先手となる。しかし、今は常に後手。慣れてないんだろうな。

「ミアさん。落ち着いてください」

「フィーネ様まで⁉　もう戦いは始まっているんですのよ⁉　早く動いて、早く敵を倒すべきでは⁉」

「その敵を見極めなければいけません。何も証拠がなく、誰かを攻撃すればより大きな混乱を城にもたらします。そうなっては敵の思うつぼです」

「それは……」

「安心してください。ちゃんとアル様が考えてくれていますから。そうですよね？」

フィーネが笑顔で俺に話を振ってくる。

それに頷き、俺はすぐに話し始めた。また遮られてもかなわないしな。

「敵の第一目標は城全体の制圧。その後、人質の確保と天球の発動を行うはずだ。しかし、これには重大な問題がある」

「重大な問題とはなんですの？」

「天球の発動には最高純度の宝玉が必要になる。別名は虹天玉。虹のようにいくつもの色を持つ国宝級の宝玉であり、内部に閉じ込められている魔力もすさまじい。天球にはこれを最低でも三つ揃(そろ)えて、特定の場所に安置する必要がある」

「国宝級ということは手に入りにくいんですの？」

「帝国軍の将軍であり、帝位候補者として軍部を掌握しているゴードンですら自力で揃えられるのは一つだけだろうな」

「それでは発動しないですわよ？」

「天球は帝都の最重要防衛機構だ。もちろん虹天玉はこの城にある」

いつでも発動できるように用意しておくのは当然のことだ。

重要なのはその場所だ。

「確実にある場所を一か所、私も知っています」

「ほう？　それはどこだ？」

虹天玉の存在は国家機密に等しい。

大臣やら将軍やらならまだしも、フィーネが個人的に入手できる情報ではない。

だから自信ありげなフィーネに興味が湧いた。

「私もわかりますわ！　宝物庫ですわね!?」

「そんな簡単なところには置かない」

「なぜですの!?　まとめて置いておいたほうが楽なはずですわ！」

「ほかの宝とは価値が違うということでしょう。ただの宝としても戦略的な観点から見ても。だからこそ、置くのは皇帝陛下の近く。確実に玉座の間にはあると思います」

「その根拠は？」

「そうでなければ宰相閣下はオリヒメ様に結界の修復を急がせたりはしないかと」

フィーネの言葉に俺は静かに頷いた。

やはりフィーネの状況を見る目は磨きがかかっている。

これなら安心してミアを任せられるな。

「そのとおり。玉座の間には虹天玉が二個置いてある。まぁどこにあるかは俺にもわからんがな」

「では玉座の間を守り抜けばよいんですのね!?」

「玉座の間の警備は必要ない。最強の剣士が守りについている」

「やはり近衛騎士団長が皇帝陛下のお傍におられないのは、玉座の間を守るためなのですね」

「それ以外に理由は考えられない。まぁ父上の護衛は手薄にはなるが、宰相なら何か考えているんだろうさ」

アリーダは現状、帝都では最強戦力だ。

そのアリーダが結界の復活した玉座の間にいるということは、確実に二個は守れるということだ。城にあるのは残り三個。ゴードンが自力で一個を用意していたとしても四個。最も危険な最大発動は回避できる。

残る虹天玉も近衛騎士で守れると宰相は考えているんだろう。

その証拠に第一騎士隊に加えて、さらに二つの騎士隊が城には残っている。

皇帝の傍には下位の五部隊のみ。数にしても心もとないし、闘技場はお世辞にも守りやすい場所ではない。

ぶっちゃけ、吸血鬼に襲われた時以来の手薄さだ。

それでも城の守りに人を割いたのは天球を発動されては外部からの援軍も望めないし、いざというときに逃げることもできないからだ。

宰相らしい堅実な策だといえるだろう。

「では私たちがすることはありませんですの？」

「そんなわけないだろ。俺たちはできるだけ虹天玉を守りつつ、人質になりそうな城の人間を外に逃がす。まずは逃走経路の確保とその人間たちの安全確保。この二つから始める」

「まだ人質になりそうな人間がいるんですの？」

「いるさ。皇帝には効果はないだろうが……その関係者を動揺させるには十分な人間たちがいる」

「後宮のお妃様方ですね？」

「そうだ。俺の母上はもちろん、そのほかの妃。そして皇太子妃の義姉上。義姉上はアリーダの姉だし、平民出身の妃である母上は民からの人気が高い。見捨てたとなれば皇帝に不信感を抱く臣下や民も増えてしまう」

「ええい！　またまたまどろっこしいですわね!!　素直に母親を助けたいとなぜ言えないんですの!?」

ミアがまた机をバンバンと叩く。

それを見てフィーネが苦笑する。

「皇族ってのはそういうもんなんだ。家族より帝国の未来を守る義務がある。思っていても私情は優先させられない」

レオの代わりにこの帝都を守ると決めた。だから母上には護衛をつけていない。

後宮にいる侍女たちだけでは乗り切れるかどうか。

そんな風に思っているとミアが強く机を叩く。

「軟弱なことを言うのはやめて欲しいですわ!! 家族を守れない人間に国が守れるわけありませんわ！ そうでしょう!? フィーネ様！」

「そうですね。私もそう思います」

「ほら見なさいですわ！ どうしても言えないなら結構！ 私が勝手に助けますわ！ もちろん容認してもらいますわよ!?」

そうミアは強く宣言した。国相手に義賊なんてことをするだけはある。

正義感は強く、正しいと信じることを曲げない心を持っている。

ミアも尊ぶべき人材だ。あまりフィーネを危険に晒したくはないと思っていたが、止めてもきっと彼女らは聞かないだろう。

ありがたいことだ。

「――頼む」

「任されましたですわ！」

「私たちはまず後宮に向かいます。お妃様方を救出したのちに合流いたします」

「ああ、それでいい。合流場所は玉座の間だ」

「玉座の間⁉　正気ですの⁉　城の一番上では逃げ場がありませんですわ！」

「通常の入口は封鎖されているだろうし、下に行けば行くほど敵も増える。アリーダが玉座の間を守っている以上、突破はほぼ不可能。追加の部隊はゴードンも送らないだろう。だからこそ、玉座の間なんだ」

「手薄になるというのは理解できますが……いくら近衛騎士団長でも数の暴力には勝てないかと。主だった人質候補が玉座の間に揃ったとなれば相応の戦力が送られてきますが？」

「それも問題ない。玉座の間には秘密の逃走ルートがある。知っているのは俺と宰相と近衛騎士団長。あとは父上だけだろうな」

「それは皇帝の逃走ルートということでは⁉　なぜあなたが知っているんですの……？」

「十一年前、父上が教えてくれた。玉座の間の隅で隠れている必要があってな」

かつて父上が皇国の大使と会っているときに、俺はそれを物陰から見ているように言われた。

しかし、見つかれば大事でもある。俺は牢屋にいるはずの皇子だからだ。

そこで父上は秘密の逃走ルートの入口に俺を隠した。

それはレオにすら教えていない。男と男の約束だと父上に言われたからだ。

だが、その約束も今日までだ。

「きっと父上も許してくれるだろう」

そうつぶやきながら俺は椅子から立ち上がる。

そろそろ敵も動きだす頃おいだろう。

部屋にいればあっさり捕縛されてしまう。

「さて、行動開始だ」

そう言って俺たちは部屋を出たのだった。

■■■

城の中を守る近衛騎士隊は三部隊。

第一騎士隊は玉座の間を守り、そのほかの二部隊も宰相によって要所に配置されている。

となると城全体の守備を担当するのは軍に所属する兵士だ。

本来なら近衛騎士隊が大部分を占めるはずの城の守備だが、皇帝や城の要所を守るために使っている以上は仕方ない。軍を使わないわけにはいかないのだ。

宰相としても苦渋の選択だったんだろう。

軍部の多くはゴードンを後押ししている状況だ。出来れば使いたくないが、使わないわけにはいかないから比較的穏健派の将軍を城の守備につけた。

その将軍はエストマン将軍。年は六十過ぎの老将だ。

帝国中央部で部隊を預かる将軍の一人であり、常にニコニコしている好々爺という印象だった。実際、その印象は間違っておらず、若い兵士を孫のように可愛がり、自分の培ってきた知識を兵士たちに伝える人だ。

周りの評判はすこぶる良く、兵士たちはもちろん民からも人気の高い将軍の一人だ。当然ながら父上からの評判も高かった。

しかし。

「ゴードンについたか……」

フィーネとミアと共に後宮に向かっていた俺は階段に集まる兵士たちを見て、そうつぶやいた。このフロアの兵士たちは何かを探すように何人も行ったり来たりしており、階段をずっと見張っている。

しかも慌てた様子で。警備ならば決められたルートの巡回と、数人が立っていれば済む。慌てて何かを探すのはおかしい。

「敵ですの？　ならドーンっと」

「この段階でバレたら動きづらくなる。後宮に行くまで多くの兵士が立ちはだかるぞ」

「そうですね。なんとかやり過ごさないといけません」

「回りくどいですわ……」

俺とフィーネの意見にミアは口をとがらせる。

ミアの実力なら強行突破でもいけるといえばいけるだろうが、後宮から母上たちを連れてこなければいけない。

せめて後宮前までは騒ぎを起こしたくはない。

「なんとかあいつらの視線を逸らせないか？」

「逸らしてどうするんですの？」

「通路の向こう側の部屋に入りたい」

「階段を降りられませんですわよ？」

「いいんだよ。考えがある」

「それならお安い御用ですわ」

そう言ってミアは唐突に近場の窓に向かって弓を構えた。

そして音もなく魔力で出来た矢を放つ。

一瞬、何をしているのか理解できなかったが、俺たちの反対側で甲高い音が響いたのを聞いてミアが何をしたのか察しがついた。

「なんだ⁉」

「急げ‼」

兵士たちの視線が音のほうへ向かう。

それを見てミアが合図を出す。

「今ですわ！」

すーっと通路を滑るように移動すると、ミアは目的の部屋の扉を音もなく開き、俺とフィーネを呼び込む。

俺たちはできるだけ足音を立てないように通路を渡り、無事部屋に入った。

「一体、ミアさんは何を？」

「外に放った矢を曲げて、別の窓から侵入させたんだ。それで何かを割ったんだろうさ」

「正解ですわ。向こう側の窓が開いているのは確認済みでしたもの。簡単ですわ」

そう言ってミアは次はどうするんですの？　と問いかけてくる。

ミアは楽勝みたいに言うが、まったくもって簡単ではない。

魔弓と魔法は違いこそあれど、原理としてはあまり変わらない。

だからミアがやったことは魔導師でもできる。理論上は。

自分の視界から離れた魔法を消滅させず、なおかつ城の外側にぶつけることもなく反対側の窓に通すことができれば、だ。

繊細なコントロールと空間把握能力。消滅させない魔力量に加えて、絶妙な力加減。しかもそれをミアは一瞬で行った。

神業もいいところだ。

藩国が朱月の騎士ヴァーミリオンを捕まえられない理由がよくわかった。

こんなのが前触れもなく夜中に襲ってきたら、防げるわけがない。

少しでも窓が開いていれば音もなく護衛は射抜かれる。射線が通っていなくても矢を曲げてくる。ミアの前では護衛はほとんど役に立たない。

「なんですの？　私の顔をじっと見つめて？」

「いや、実はすごい奴だったんだなと思ってな」

「実はとはなんですの⁉　実力を見込んで依頼したんじゃありませんですの⁉　失礼ですわ！　あまりにも失礼ですわ‼」

「私はミアさんがすごい人だと知っていましたよ」

「さすがフィーネ様ですわ！　どこかの偏屈皇子とは人を見る目が違いますですわ！」

「まともに喋ってくれたらもうちょっと正しい評価ができるんだけどな」

「これはお爺様直伝の淑女の喋り方だと言ったはずですわ！　きっとお爺様が会った真の淑女はこんな喋り方だったに違いありませんですわ！」

「そうだといいな。その魔弓もその爺さんから教わったのか？」

「そうですわ！　私のお爺様はすごい人なんですわよ！」

ミアを仕込んだ爺さんか。

魔弓なんて特殊すぎる技術を持ち、これだけの弓使いを育てるということはその爺さんも只者じゃない。

魔弓の達人という話になると一人の人物が思い浮かぶ。個人的にあまりいいイメージはないが、おそらくその人物の関係者だろう。きっとミアも。

興味はあるし、ゆっくり話を聞きたい。しかし今は興味を優先するところじゃない。

「まぁいずれその爺さんの話は聞かせてくれ。今はとにかく下へ急ごう」

「下へ急ごうって……階段は封鎖されているのですわ。私だけなら外から行くという手がありますが、フィーネ様もいる以上、無理ですわよ？」

「そんな手は使わない。誰が見てるかわからないしな」

そう言って俺は部屋に飾られている七枚の肖像画の順番を変え始める。

俺のわけのわからない行動にミアは首を傾げた。

「何をしているんですの？」

「遊びの延長さ」

「この状況下で遊んでいるんですの!?」

「ああ、遊んでる。時には遊びが役に立つのさ」

そう言って俺はすべての肖像画の順番を変えた。

今までと変わらない物もあるし、さきほどとは位置が違う物もある。

それを確認すると、俺は中央の肖像画を外す。

すると、さきほどはなかったはずの隠し穴が出現していた。

その穴に手を入れ、奥にあるスイッチを押す。

そのスイッチに反応し、肖像画と反対側の壁に隠し扉が出現した。

「なっなっなっ!?」

「この城は皇帝が変わるたびにさまざまな改修を受けてきた。その陰で皇帝たちはいろんな隠し通路や隠し部屋を作ってきたんだ。その隠し通路や隠し部屋のほとんどは後世には伝わっていない」

「伝わってないのにどうして知っているんですの!?」

「そういう隠し要素のヒントは勉強で使われる立派な書物ではなく、教師たちが価値のない物と判断した日記なんかにあるんだよ。俺は勉強をしなかったが、遊びの一環でそのどうでもいい日記なんかを読み漁って、隠し要素を見つけてきたんだ」

「勉強だけが役に立つわけではないということですね？」

「その通り。この城は俺の庭だ。かくれんぼやら鬼ごっこで負けたことは一度だってない。遊びの産物だがな。その通路は三階下まで通じてる。これで相手の意表をつくぞ」

そう言って俺はニヤリと笑いながら通路に入ったのだった。

■■■

隠し通路を通って、下へ移動した俺たちはさらに隠し通路を使ってどんどん下へ移動していく。

そしてこれを抜ければ後宮内部の一室というところまでたどり着く。

「後宮にまで通じる隠し通路があるなんて、なんでもありですわね……」

「私はなんだか楽しかったですけれど」

あまりにも多い隠し通路に引くミアに対して、フィーネはニコニコとこの短い旅を楽しんでいた。

「しかし、皇子は脇が甘いですわね？」

「脇が甘い？　どこがだ？」

「私の前で隠し通路を惜しげもなく見せた事ですわ。言っておきますが、私は義賊ですわよ？」

「それのどこが脇が甘いんだ？」

「侵入しようと思えば侵入できるということかと」

「ああ、そういうことか」

ミアは呆れたようにため息を吐く。

あれは若干馬鹿にしているな。

たしかにミアは他国の人間。しかも定義的には犯罪者だ。そんな奴の前で俺は複数の隠し通路を使った。しかも脱出には皇帝専用の通路を使おうとしている。

すべて国家機密だ。

しかし、だ。

「やりたいならどうぞ。おすすめしないがな」

「できないと思っていますわね!?　私、人様の屋敷に入るのは得意ですわよ!?」

「自慢できることではないな」

「そ、それは自覚していますですわ！　そ、そうではなくて！」

「アル様。状況的に国家機密と言ってられないという理由だと思っていたんですが、違うんでしょうか？　情報が漏れたなら塞いでしまえばいいとかアル様なら考えるかと思ってました」

「半分当たりだな。念を入れるならそれでもいいと思ってる。けど、それすら必要ないなとも思ってるのも事実だ」

フィーネが俺の言葉に小首を傾げる。

そんなフィーネに俺は真っすぐ続く通路の横を指さす。

「小さな穴が開いてないか？」

「開いていますね……これはなんですか？」

「罠（わな）だ。この通路に入った者を始末するためのな」

「罠!?　危ないですわ！」

ミアが俺の言葉に驚き、フィーネを自分の下へ引き寄せる。

良い反応だ。

「安心しろ。皇族が通路に入ったときは反応しない」

「なるほど。皇族の方は平気でも、それ以外の人間が使った場合は……」

「罠が発動する。どの隠し通路や隠し部屋もだいたいそうだ。だから意図せずに見つかった場合は皇族がまず点検に入る。歴代の皇帝が〝やましいこと〟があって作った物がほとんどだからな。大抵、罠もえげつない」

後世にも伝わらない隠し通路に隠し部屋。

なぜそんなものが作られたのか？

皇帝が裏でこそこそ何かするためというのが一番の理由だ。

この通路の場合は、正室にバレないように妃（きさき）に会いにいくためのものだ。

たかがその程度でと思うかもしれないが、大抵正室は帝国の有力貴族の娘がなる。その後ろ盾を失いたくない皇帝の場合、正室のご機嫌は大事になる。

そしてそれがバレた場合は激怒されるだけじゃすまないのも皇帝はわかっている。だから侵入者には容赦ない。

侵入者防止用に結界が張ってある場合もあれば、即座に殺しにくる罠が発動する場合もある。

皇族だけは大丈夫なのは、自分と家族のためだ。くだらないことで後継者が死にましたでは話にならない。

俺たちみたいに城を探検する皇子だっているからな。

「だから城に侵入するなら隠し通路は使わないほうがいいぞ。死なないまでも罠が発動したり、回避したりすれば音が鳴る。城にいる近衛騎士たちはその音をきっと聞き逃さない。抜けたら即近衛騎士と戦闘は嫌だろ？」

「さすが帝国ですわね……やってることの規模が藩国とはえらい違いですわ……」

「帝国というか、皇族の方というべきでしょうか。申し訳ないのですけど……皇族の方は思いつくことが毎回少々変わっていますよね」

「濁さなくていいぞ。アードラーの一族は変人集団だからな。仕方ない」

大陸全土のすべてを手中に収めようとするとか始まりが変人すぎる。

統一すれば争いがなくなるかといえば、そんなこともない。自らの国を奪われた大陸中の民の怨嗟が皇族に向く。それをわかっていても、悲しみを止めるために略奪することを決めた先祖はきっと自分を神か何かと勘違いしていたんだろう。それかそう思わないとやっていけなかったか。そしてそれは子孫に受け継がれている。

良いのか悪いのかは俺が決めることではない。のちの歴史家が決めるだろう。しかし、真っ当な考えではないことも確かだ。

そういう変人どもだから帝位争いなんていう馬鹿げたことを思いつくし、今日まで伝統として続けているんだ。

「普通では皇族は務まらないということですね」

上手くフィーネがフォローする。その観点も間違いではないだろう。

広大な帝国の上に立つ以上、普通ではいけない。普通では誰も上とは認めないからだ。

「たしかに皇子はだいぶ変わっていますし、納得ですわ」

「俺は比較的まともなほうだと思うぞ。なぁ？　フィーネ」

「いえ、その、それはどうでしょうか……」

フィーネが曖昧な笑みを浮かべる。

なぜ、ここではフォローしてくれないのか……。

「エリク、ゴードン、ザンドラ、さらにはトラウ兄さん。こいつらより変なところなんて俺にはない」

「そうかもしれませんが……比較対象の方々が一癖も二癖もあるので」

「ならレオよりはマシだ。これならどうだ？」

「それはどうでしょうか……良い勝負だと私は思いますが……」

「良い勝負ですの⁉　レオナルト皇子については良い噂しか聞きませんですわよ⁉」

「なに言ってんだ。皇帝目指す奴が変人じゃないわけないだろうが」

　俺の言葉を受けてフィーネは何も言わず、曖昧な笑みを浮かべ続ける。

　おかしい。俺に変人要素はないはずなんだが。やはりレオと双子というのがまずいか。

「困った弟だ」

「断言してもいいですが、向こうも同じことを思っているはずですわよ。兄弟ってそういうものですから」

「ほう？　なら戻ってきたらあいつに聞いてみよう」

　あいつなら俺は比較的まともだと言うと思うけどな。さすがの俺も一番まともなんて言わない。普通過ぎる奴が皇族にはまだいるからな。

　それから少しして出口が見えてきた。

　俺が出口を開けると、そこは物置小屋だった。

「それじゃあ後は頼む」

「後は頼む？　一緒に来ないんですの？」

「悪いが君らより不安な面子がいるんでな」

「ルーペルト殿下たちですね？　どうぞお気をつけて」

「別に俺は何もしないさ。グラウをあいつらのところまで送り届けるだけだ。俺は隠し通路に潜みつつ、状況を見ながら君らの手助けにも動く。しかしアテにはするな。隠し通路が近くになければ助けようがないからな」

「わかっていますわ。ここからは暴れてもいいんですわよね？」

「フィーネが許可を出せば、な。頼むぞ？」

「はい。お任せください」

そう言ってフィーネが一礼する。

それを見て、俺はそのまま出口を閉じた。

そしてグラウの姿を幻術で纏う。

「さて、皇族の普通人を助けにいくとするか」

末弟ルーペルトは性格的にアロイスの手を焼かせているだろうしな。

あれは良くも悪くも普通過ぎる。

そう思いつつ、俺は転移魔法でアロイスが城で与えられている部屋の隣に転移する。

ルーペルトはそこにいるはずだ。

すると。

「わーん！　部屋の外になんて出たくないよ！　死んだらどうするの⁉」

「殿下、あまり大きな声は出さないでください……」

部屋の中から大きなわめき声が聞こえてきた。それを聞き、俺はため息を吐く。

母親の保護下でずっと育ってきたルーペルトは親離れのできない甘ちゃんだ。

十歳の子供としてはそれは当然といえるのだが、皇族はいつまでも母親に甘えてばかりもいられない。

「この年になっても母親に甘えている俺の言えることでもないけどな……」

そうつぶやきつつ、俺は部屋を出て、隣のアロイスの部屋に静かに入る。

俺の姿を見て、アロイスが救世主を見るような表情を浮かべた。

「グラウ……！」

「手こずっているようだな」

「誰!?　顔が見えない!?　怖い！」

そう言ったのはベッドにしがみつく小柄な男の子。

少し癖のある茶色の髪に青い瞳。

半泣きの情けない表情を浮かべている。

この男の子が末弟のルーペルト。皇族でありながら普通の子供。

俺が出涸らし皇子なら泣き虫皇子ってところだろう。

「初めまして、ルーペルト皇子。俺はグラウ。流れの軍師だ」

そう言って俺は怯えるルーペルトに向かって優雅に一礼をしてみせたのだった。

自己紹介を受けたルーペルトだが、不審な視線を変わらずに俺へ向けてきた。

そんなルーペルトを見て、アロイスがフォローを入れた。

「殿下。グラウは僕と共に帝国軍一万と戦ってくれた凄腕の軍師です。帝国軍に勝てたのもグラウがいたからなんです！」

「凄い人と信頼できる人は別だよ！　顔くらい見せてくれなきゃ僕は信用しないから！」

そう言ってルーペルトはベッドにしがみついたまま、動こうとしない。

状況はアロイスから説明されているだろうに。

「殿下。どうか信頼してください。殿下のことは僕が守ってみせますから！」

「アロイスは十二歳でしょ⁉　僕と大して変わらないのに守れるわけないでしょ！　部屋にいたほうが安全だよ！」

「年は関係ありません。僕は帝国貴族として殿下をお守りします。僕と共に戦ってくれる騎士たちもいます」

そう言ってアロイスは部屋にいる騎士を見る。

騎士の数は五名。全員がアロイスと共に帝国軍に立ち向かったジンメル伯爵家の騎士たちだ。

「たった五人じゃないか⁉　相手はあのゴードン兄上なんだよ⁉　周りにいる将軍たちには腕自慢が揃ってるんだ！　そいつらが城を制圧しに来てるのに、この数で外に出るなんて嫌だよ‼」

ルーペルトは頑なに部屋に籠ることを主張する。

それは子供の希望的観測に基づいた主張だ。

「ルーペルト皇子。援軍のない籠城は愚策だ。援軍のアテはあるのかな？」

「ち、父上がきっと助けに来てくれる！　そうじゃなくても近衛騎士たちが城にもいるんだ！

彼らがきっと！」

「なるほど。ではお一人で部屋に籠るといい。アルノルト皇子にはそう伝えておこう」

「え……？」

突き放すように告げると俺は部屋を出ようとする。

それを止めたのはアロイスだった。

「ま、待ってください！　グラウ！」

「部屋に籠るというなら一緒に行動はできない。君も早く移動しろ。時間が経てば経つほど城内は敵の勢力下だぞ」

「それはわかっています。ですが、ルーペルト殿下は置いては行けません」

「我々ではなく、部屋のほうが頼りになると言う皇子にどれほどの価値がある？」

「この方はアルノルト殿下の弟君です。僕にはそれだけで価値があります。ジンメル伯爵家は受けた恩を忘れません。あの方に頼むと言われたからには僕は死ぬまでルーペルト殿下のお傍を離れません」

「……だそうだぞ？　ルーペルト皇子。ベッドにしがみついて泣いているだけで命を賭けてもらえるなんていい身分だな」

「ぼ、僕が頼んだわけじゃないし……アルノルト兄上が勝手に」

「……思い違いをしているようだから正しておこう。アルノルト皇子が君の下に護衛を派遣したのは君を想っての行動じゃない。君の母上があの出涸らし皇子に必死に懇願したからだ。自分はどうなってもいい、君だけは助けてほしいと懇願され、アルノルト皇子は自分の母親に護衛をつけることを選ばず、君の下にアロイスを派遣した。その意味がわからないというなら今言うといい。母親の願いも兄の想いも踏みにじるほどの度胸があるというなら逆に認めてやろう」

フードの奥から俺はルーペルトを真っすぐ見据えた。

強い視線を感じたルーペルトは思わず体をびくつかせる。

「ぼ、僕は……」

「もしも君の言う通りに部屋に籠ったとしよう。敵の数は百や二百じゃきかない。それをこのひ弱な扉で受け止めることになる。稼げる時間はわずかだ。その間に君の父上が援軍をさし向けると？　言っておくが君が思うほど皇帝ヨハネスは甘くもないし、万能でもない。ゴードン皇子が反乱を起こせば、帝国のために自分の身を第一に考えるだろうし、見捨てねばならないなら子供も見捨てるだろう。帝位に関係もなく、功績を残したわけでもないただの皇子ならなおさらだ」

「こ、近衛騎士が助けにきてくれる！　近衛騎士団は帝国最強なんだから！」

「ゴードン皇子は皇帝を逃がさず、外からの援軍と合流させないために帝都を結界で覆うだろう。その要となる宝玉を近衛騎士たちは守っている。君を守る余裕は彼らにはない」

ゆっくりと、しかし力のこもった言葉で俺はルーペルトの逃げ道を塞いでいく。

まだしばしの余裕があるとはいえ、すでに城の兵士たちは動き出している。

早く動けばそれだけ優位に立ち回れるが、ルーペルトがごねるせいでその優位を捨てる羽目になる。

十歳の子供に配慮がないとアロイスは思っているかもしれない。

だが、子供の心情に配慮している余裕などない。

「君にあるのは二択。この部屋に残るか、この部屋を出るか。部屋に残れば、間違いなく捕まる。皇帝が助けてくれる可能性も低いだろう。外に出れば命の危険は増すが、脱出の希望がある。それに捕まった場合、ほかの人質も一緒の可能性が高い。多くの妃や寵愛するクリスタ皇女もそこに含まれているなら、皇帝は全力で助けるかもしれない。だが、君一人ではその可能性はゼロだ」

「そ、そんなこと……」

「君にとって最悪なのは俺たちが脱出に成功し、君だけが捕まった場合だ。その場合、皇帝は絶対に君を助けない。助かる道を捨てた者を誰が助ける？　俺なら絶対に助けない。絶対に助けなければいけない理由がないかぎりはな」

そして残念ながらルーペルトには絶対に助けなければいけない理由がない。

ゴードンとしてもあまり人質の価値は見出せないだろう。

子供を人質にするデメリットを考えれば、見せしめに殺すくらいはやるだろう。

だからルーペルトはなんとしても城を出なければいけない。

「早く決めろ。逃げるのか、ここに留まるのか。時間は君を待ってはくれないぞ？」

「そ、そんなこと言われたって……！」

ルーペルトは俺のきつい物言いに涙を流す。

母親に大事に育てられた十歳の子供なら当然の反応かもしれない。しかし、ルーペルトを取り巻く環境は普通ではない。

そんなルーペルトにアロイスがそっと近づく。

「殿下。殿下のお気持ちは僕もよくわかります。帝国軍が迫ってきたとき、僕も泣きたかった。目を閉じて、これは現実じゃないと思いたかったんです」

「……アロイスはどうやって乗り越えたの……？」

「守るべき人のことを考えました。僕は領地の人々を守らなければいけなかった。母のためにも逃げることはできなかった。だから戦うしかなかったんです。あなただって一緒のはずです。母上は大切ですね？」

「うん……」

「それならば逃げましょう。もしもあなたの母上が捕まったとしても、あなたが逃げ切れば人質の価値が上がります。そうじゃなくても、母上が逃げているときにあなたも逃げていれば、敵の手を分散させることができます。帝国のためとか、皇族だからとか。今は措いておきましょう。そういうことを考えるのは大人の仕事です。でも――母のために頑張るのは子供でもできます」

アロイスの言葉を受けてルーペルトの顔つきが少しだけ変わった。

臆病で、今にも泣きだしそうではあるが。

泣いてはいない。

「アロイスは……大人だね……」

「僕も子供です。まだ多くのことはできません。でも、グラウの言うとおり、時間は僕らが大人になるのを待ってくれない。子供は大人になったらこうなりたいと口にします。けれど、そうなる前に危機が来ることもある。それが今です。来てしまった以上は仕方ありません。騎士になりたいなら、今、騎士になるしかありません。あなたが立派な皇族になりたいなら、今、そうなるしかありません。将来、何かになれるなら今の僕らにだってなれるはずなんです」

「でも、僕らは子供だよ……？」

「子供だって何にでもなれます。子供は子供。何にもなれないなんて見識の低い人の妄言です。今、このとき、あなたの近衛騎士は僕です。安心してついてきてください。帝国の近衛騎士団は最強なのですから」

そう言ってアロイスはルーペルトに手を伸ばす。

その手をルーペルトは取った。

これ以上ごねるようなら眠らせて強制的に連れていこうかと思ったんだが、その必要はなさそうだな。

「ではグラウ、方針を示してください。アルノルト殿下からは玉座の間に来いと言われてますが、行く道はきっと簡単ではないでしょう」

「承知した。任せてもらおう」

そう俺が答えた瞬間。

部屋の外でバタバタと何かが倒れる音が聞こえた。

ルーペルトは思わずアロイスに抱きつくが、アロイスの手は素早く剣に伸びている。

アロイスが二歳上であるとはいえ、この差はきっと潜ってきた修羅場の差だろうな。

「今のは……？」

「外に兵士がいたのでな」

そう言って俺は部屋の扉を開ける。

すると、そこでは数人の兵士が眠っていた。

こちらが出てくるのを待っていたんだろうな。

ちょうどいいので、ルーペルトに使う予定だった眠りの魔法をこいつらに使った。精神的に強い奴らには効果のない魔法だが、ただの兵士程度なら深い眠りに落とすくらいの効果はある。

「ま、魔導師なの……？」

「いいや、俺は軍師だ」

そう言って俺はニヤリと笑いながら歩きだす。

その答えに納得できないといった様子のルーペルトだが、アロイスと騎士たちが俺に続くので、慌ててついてくる。

そして歩いている間に下のほうがどんどん騒がしくなり始めた。

人質を穏便に確保することを諦めて、本格的に城の制圧に動き出したか。

音の感じからして城の半ばまでは軍に制圧されたと見るべきだな。

外を見れば、城から何人かの兵士が外に出ようとするが、仲間のはずの兵士に捕まるか殺されている。

兵士がすべて反乱に参加しているわけではないということだろうな。

彼らはきっと父上にこのことを伝えようとしたんだろう。

でも、伝える必要もないだろう。

「向こうもそろそろ動き出すだろうな」

つぶやき、俺は闘技場をチラリと見る。

だが、それだけだ。父上の傍にはオリヒメもいるし、宰相もいる。

きっとゴードンは反乱の成功を疑っていないだろうが、それはさすがに父上を甘く見すぎだ。

父上はゴードンが反乱までするとは思っていなかった。

しかし、宰相は違う。

「帝国宰相のお手並み拝見といくか」

俺の想像どおりならゴードンはさぞや驚くことになるだろうな。

2

武闘大会が始まってから一時間ほど。

オリヒメは闘技場の客の様子が変なことに気づいた。

「む？」

ちらほらと調子が悪そうな顔の者が増えてきたのだ。

目に映るのは一人、二人ではない。

どんどん顔色が悪い者が増えていく現状にオリヒメは眉をひそめた。

「皇帝陛下」

「どうかしたか？　仙姫殿？」

「なにか変だと感じぬか？」

「ほう？　奇遇だな。仙姫殿も違和感を覚えていたか」

あくまで違和感。単純に日中の開催のため、体調を崩した者が少し多いだけ。

そう取ることもできる程度の違和感。

それでもオリヒメもヨハネスもその違和感が目についた。

「来賓の面々をこちらに連れてくるがよい。なにかあれば妾(わらわ)の結界で保護しよう」

「ありがたいですな。フランツ、構わんか？」

「問題ありません。すぐに手配します」

「呼びつけるだけでは無礼であろう。皇后よ。来賓を招いてきてくれ」

「かしこまりました」

そう言ってフランツとブリュンヒルトが部屋を出ていく。

宰相に許可を求めたヨハネスを見て、オリヒメは怪訝な表情を浮かべた。

皇帝が宰相に許可を求めるというのは構図としておかしいからだ。

「なぜ宰相の許可を取るのだ？」

「宰相の計画に差し支えがあってはいけないのでな。今回、ワシは大部分を宰相に任せてある」

「……だから反乱にも動かぬと？」

オリヒメの言葉にヨハネスは微かに目を見開き、そして苦笑した。

「その噂の出どころはアルノルトか」

「噂ではない。妾にはわかる。この都には嫌な臭いが常に流れている。必ず何かが起こるぞ？」

「確証はない」

「確証がなければ動かぬのか？　妾はもう少し皇帝陛下を買っていたのだが、思い違いだったか？」

オリヒメの言葉にヨハネスは小さくため息を吐く。

そして真っすぐオリヒメに視線を向けた。

「どう思ってもらおうと構わん。ワシは確証もなく息子の反乱を疑ったりはせん。ワシの息子は帝国に多大な不利益を与えるほど愚かではない」

「親子の情で民が死ぬぞ？」

「情ではない。確証がないのが問題なのだ。間違っていた場合はどうする？　帝位争いの最中に皇帝が有力候補の一人を確証もなく捕まえたら帝位争いが無に帰す。軍部の多くを掌握するゴードンのことだ。自らの疑惑を晴らすために断固たる行動をとるだろう。そうすれば結局は内乱となる」

　動けば間違いなく内乱。それがヨハネスの立場だった。

　ゴードンが反乱を企てていたかどうかは重要ではない。ゴードンを処断すれば、ゴードンの配下の者は納得しない。ゴードン抜きでも行動を起こすか、もしくは遺恨をずっと持ち続けるだろう。

　次期皇帝を決めるための帝位争い。そこに皇帝が強権をもって介入するということは、各方面から反感を買う行為なのだ。

　殺して終わりというほど事は単純ではない。

「ではどうする気だ？」

「何もしない。ワシはな」

　それがヨハネスの答えだった。

　皇帝が動けないならば臣下が動けばいいだけのこと。

　だからヨハネスは宰相にすべてを任せた。

「宰相とはいえできることは限られているはず。皇帝が介入しづらいのだ。宰相とて表立っては介入できない。できることは備えることのみ」

「そのとおり。我々にできることは備えることだけ。その備えをすべて食い破り、帝国を手中に置くならばそれはそれでよい。それもまた一つの手だ」

これまでも武力に任せて帝位争いを制そうとした者は少ないながらもいた。

だが、どれも成功したりはしなかった。

軍を率いて何かするには皇帝の許可がいる。皇帝の許可なく、勝手な行動をとるということは反乱であり、他の候補者はもちろん皇帝も敵に回すことになる。

だから帝位争いは勢力争いの暗闘に終始する。

皇帝を正面から敵に回すことは愚かだと帝位候補者ならば知っているからだ。

「反乱で勝ち取ることも一つの勝ち方だと？」

「強い皇帝を生むことが帝位争いの本質だ。結果的に強い皇帝が生まれるならば過程は無視できる」

そう言ってヨハネスは椅子に深く腰をかけなおした。

その顔はひどく老け込んだようにオリヒメには見えた。

言葉でそうは言っても、本音は違うのだろうとオリヒメは察した。

「……我が長子が生きていればこのようなことで思い悩むこともなかったのだがな」

「亡き皇太子のことか。帝位争いをさせなかったと聞くが？　なぜ長子にはそうしたのだ？」

「誰もが認めていた。帝位争いなど起こしても皇太子が勝ちぬくことは目に見えており、誰も張り合おうとはしなかった。理想の皇帝が見られると誰もが期待した。長き帝位争いの歴史を終わらせる皇太子。そうなるはずだった……」

すべての人間が納得するならば争う必要がない。

最初から強い皇帝になるとわかっているならば競う必要はない。

だからこそ、皇太子は初めて帝位争いを経ずに帝位につく皇帝になるはずだった。

一つの終着点。

その治世において多くの偉業を成し遂げると信じて疑わなかった。

帝位争いに代わる選帝方法も考えつくだろうとヨハネスは思っていた。

「最高の後継者はすでにいない。ゆえに帝位争いが起きた。ワシはそれを黙認した。皇太子以外の者ならば帝位争いは必要だと思ったからだ。しかし、ときどき考えるのだ。それは正しい判断だったのかと」

「弱気だな。帝国の皇帝ともあろうものが」

「弱気にもなる。ワシは自分の子供たちに期待しておった。帝位争いでより成長し、この者なら安心して譲れると思える者が出てくると。しかし……帝位争いが始まってからあやつらは成長しているようには思えぬ。むしろ愚かになっているようにも思える。それでも帝国自体を揺るがすような愚か者はいないと、ワシは信じたい」

それは願望のようなものだった。だが、その願望は叶(かな)わない。

皇后と宰相が来賓と共に部屋に入ったとき。

オリヒメは巨大な魔力を感じた。それは闘技場の下から発せられていた。

「これは!?」

「呪詛(じゅそ)だ」

オリヒメは部屋全体に結界を張りつつ、すぐに闘技場の下から発せられたモノの正体を見極めた。

巨大な呪詛結界。それが闘技場の下に敷かれており、闘技場に呪詛を振りまいていた。

目についた調子の悪そうな者たちはその発動前に余波で体調を崩していたのだ。

闘技場内で大勢がせき込み始めた。

それは一般の民はもちろん、武闘大会の出場者や兵士、騎士も同様だった。

即死するような呪詛ではない。しかし、戦えるようなレベルの呪詛でもなかった。

「この規模でこのようなものを発動させるとはな……前から仕込んでおったな?」

独り言をつぶやきつつ、オリヒメはヨハネスに視線を向けた。

「弱体化の呪詛とでもいうべきか。それがこの闘技場全体にかけられた。妾の結界内ならば安全だが、これではまともに戦えん」

「そのようだな」

そう言ってヨハネスは宰相のほうを見た。

闘技場にかけられた呪詛ならば外に出ればいいだけだが、このようなことを計画する者がそう簡単に外へ出してくれるわけもない。

「なるほど。魔奥公団(グリモワール)の者が地下で何をしていたのかと思っていましたが、この準備だったようですね」

「いまさら合点がいっても遅い。ちゃんと対策はあるのだろうな？」

「もちろんでございます。ただし、先に謝っておきます。完全なる越権行為です。お許しください」

頭を下げる宰相に嫌な予感を覚えつつ、ヨハネスは何度か頷(うなず)く。

すべてを任せた以上、どのような手を打ったとしても文句は言うまいと決めていたからだ。

そしてオリヒメたちは宰相の提案で外へと向かう。だが。

「お待ちしておりました。父上」

出口では完全装備のゴードンが待ち構えていた。

その周囲には同じく完全装備の兵士たち。兵士たちはぐるりと闘技場を囲っている。

それを見て、オリヒメは小さくつぶやく。

「愚か者であったな」

「そのようだ。我が息子ながら嘆かわしいかぎりだ」

「あなたが悪いのだ。父上。俺をすぐに皇太子にしていればいいものを」

「それだけの器量を見せられなかったお前が悪いと返しておこう。ゴードン」

そう言ってヨハネスはゆっくりと腰の剣を抜いた。

「愚かな息子よ。せめてもの情けだ。ここでワシに首を差し出せ。そうすれば皇子として葬ってやろう」

「父上も耄碌したようだ。この状況がわからないのか？　俺に協力した将軍は大勢いる！　その手勢も今や俺の配下だ！　多くの将軍が弱腰なあなたを見限ったのだ!!　圧倒的な戦力差があるんだ！　あなたに勝ち目はない!!」

そう言ってゴードンは剣を引き抜くと高く掲げたのだった。

3

帝国東部国境。

そこには壁のようにそそり立つ巨大な建造物がある。

帝国東部国境防衛の要。その名はアイゼンヴァント要塞。

帝国東部国境守備軍の本拠地であり、対皇国の最前線である。

「いやはや、わしが迷わず目的地についたのはいつ以来じゃろうか」

「あんなに周りを無視して走れば、そりゃあ迷子になるよ……」

本来、そこには縁がない二人組がいた。

ドワーフの老人にエルフの娘。まったくもってちぐはぐなコンビ。

エゴールとソニアだ。

シルバーからの要請を受け、エゴールはすぐにソニアと共に東部国境を目指した。その旅路でソニアはエゴールが迷子になる理由がよくわかった。

エゴールは常人とは移動速度が違うのだ。ソニアを抱えたままでも瞬時に大地を駆け抜け、本来曲がらなければいけない場所をあっさりと通り過ぎてしまうのだ。

ソニアがストップと言って、状況を確認しなければエゴールは東部国境ではなく、北部国境に行っていたことだろう。

「次から気をつけねばならんのぉ」

「それで何百年も直ってないんでしょ？　たぶん直らないよ、その迷子癖」

呆れたようにソニアがつぶやいた。

迷子の剣聖と呼ばれるほどだ。もはやトレードマークに近い。誰かが傍でコントロールするか、本人に移動させないか。どちらかしか対処法はないだろう。

今回は前者だったわけだが、ソニアは二度とごめんだと思っていた。

エゴールに抱えられての移動はソニアにとって、いろいろと常識外れすぎたのだ。

気づいたら山を越えていたときは、めまいがしたほどだった。

しかし、そのおかげで早めに東部国境には着けた。

「それでドワーフの王様をどうやって連れ戻す気なの？」

「連れ戻しにきたわけではない。わしがここにいれば皇国は決して攻めて来ぬ。頑固者のドワーフを止めるのは困難じゃしな。だったら戦いが起きないようにしようと思ったのじゃろう。

「それだけだったらお爺さんは必要ないと思うけどなぁ」

シルバーは」

ソニアはつぶやきながら要塞の中を歩く。

すでにエゴールの名を出し、ドワーフ王との面会許可は得ている。

廊下を真っすぐ行ったところの部屋だと告げ、案内してくれた兵士はそそくさと任務に戻ってしまった。

急いで任務に戻らなければいけないほど人手が足りないのだろうかと、ソニアは疑問だった。

東部国境は帝国にとって最重要の国境といってもいい。

ゆえにそこに配置されている東部国境守備軍は帝国軍最強なのではと噂されている。

「率いるは帝国元帥、リーゼロッテ・レークス・アードラー。第一皇女にして皇族最強の将軍。皇国は彼女が東部国境守備についてから軍事行動を起こしたことはない。それだけ恐れられているってことだし、お爺さんがいなくても彼女がいれば皇国は攻めてこないと思うけどなぁ」

「わしもそう言ったのじゃが、シルバーが貸しを持ち出したのじゃ。行かんわけにはいかんじゃろ？」

「シルバーが貸しを無駄に使うかなぁ」

ソニアはつぶやきつつ、部屋の前で咳払いする。

中にいるのはドワーフ王と帝国元帥。失礼があってはいけないと身だしなみも整えるが、そんなソニアの横でエゴールはさっさと扉を開けて部屋に入ってしまう。

「邪魔するのぉ～」

「ちょっ!?　お爺さん!?」

友人の部屋に入るような気安さで、ノックもなかった。

驚いたソニアはすぐに頭を下げて謝罪する。

「も、申し訳ありません！　このお爺さん、もうボケてて！」

「わっはっはっ!!　あのエゴール翁が若いエルフ娘にボケていると言われているぞ！　愉快だな!!」

そう言って豪快に笑ったのはひげ面のドワーフだった。

手に持っていた巨大ジョッキに入った酒をまるで水かのように飲み干し、ドワーフらしいたっぷりとしたひげを濡らしながら、何度も愉快愉快と口にする。

ああ、この人がドワーフ王だなとソニアは察した。

ドワーフたちと暮らす中でさんざん見てきた光景だが、今までで一番豪快だった。さすがは王だと思う反面、ドワーフは酒の飲みっぷりで王を決めているのだろうかと疑問が浮かんでしまうほどだった。

「お初にお目にかかります、陛下。ソニア・ラスペードと申します。今は、エゴール翁の付き人のようなことをしています」

「知っている。自治領に入れる以上、俺のところには必ず報告が入るからな。老人どもはエルフを入れることに難色を示したが、俺は大歓迎だと言ってやった！　若い娘が増えたほうが気分がいいからな!!」

わっはっはっと笑いながらドワーフはさらに酒を注いで飲んでいく。

要塞内の酒をすべて飲み干すのではと心配してしまうほどのペースだった。

「陛下。こちらを」

「うん？　なんだ？」

「おひげが濡れています。女性の前では気をつけるべきかと。男前が台無しです」

「おお！　そうかそうか！　すまんな！　公爵！」

そう言ってドワーフ王はひげについた酒を拭い、乱れた衣服を整え、威厳のある声でソニアに向けて自己紹介をした。

「そういえば名乗りがまだだったな。失礼した。俺の名はマカール。ドワーフの王だ。そこの老人とは子供の頃からの付き合いゆえな、非礼など気にせんよ」

「いやいや、王になったからにはちゃんと礼儀は尽くすわい。ところでその酒、良い物じゃな？　わしも飲みたい」

礼儀とはなにか。思わず自問して、ソニアは額に手をやった。

そんなソニアに向かってマカールの隣にいた男が声をかけた。

「ドワーフの方々は細かいことを気にしないんだ。それがドワーフの良さだ。気前がよく、常に豪快。裏表のない彼らを僕は好きなんだけど、君はどうかな？」

「――公爵と同意見です」

ソニアはそう言ってすぐに頭を下げた。

その男はドワーフの王と親しく話せるうえに、公爵と呼ばれていた。

前情報と合わせるとこの人がラインフェルト公爵なのだろうとソニアは察した。

体型だけ見ればドワーフと似たようなものだが、帝国貴族として育てられたせいか、ユルゲンにはにじみ出る気品と穏やかさがあった。

印象として成功した商人といった感じだった。そしてそれは間違っていない。

ラインフェルト公爵は帝国東南部に領地を持つ貴族だが、その影響力は帝国東部にも広がっている。

商才があり、しかも度量の広い現ラインフェルト公爵は多くの貴族に手を差し伸べ、公爵として、そして一人の人間として一目置かれているのだ。

「ああ、こちらも自己紹介が遅れたね。僕はユルゲン・フォン・ラインフェルト。一応帝国公爵だけど、気にしなくていいよ。エゴール翁の付き人のほうがよっぽど凄（すご）いからね」

「い、いえ、そんなことは……」

「わっはっはっ!!　公爵の言う通りだ！　この迷子爺さんの付き人なんて、この数百年、誰も務まらなかったんだ！　大したもんだ！」

そう言ってマカールは愉快だと叫びながら酒を飲み、その横でいつの間にかエゴールも酒を飲んでいた。

そんな二人をユルゲンは微笑（ほほえ）ましそうに見ていた。聞いていた話と違う。

そうソニアは思い、ユルゲンに質問した。

「公爵。もしも間違っていたら申し訳ありません……ドワーフ王が皇国に攻め込むと決めたのはもしや演技ですか？」

「お見事。そのとおり」

ユルゲンは素直にソニアの言葉を認めた。そしてユルゲンはそっと部屋の奥にある机を見た。

そこは本来、この要塞の主（あるじ）である元帥が座る場所だ。

だが、今は空だった。

「すべてはあの方の策です。ドワーフ王が国境に来たのは戦力増強のため。東部国境を〝代理で預かる〟僕が頼りないので、あの方が手配してくださったのです」

「代理で預かる……？　まさか元帥はここにはいないのですか⁉」

「ええ。あの方は別の場所にいます。できれば一緒に行きたかったのですが……お前にしか頼めないと言われれば男として引き受けざるをえませんでした」

「わっはっはっ‼　馬鹿な男だな！　公爵は！　この情報が漏れたら皇国は目をぎらつかせて攻め込んでくるぞ！　間違いなく死地！　運よく生き残っても処罰は免れないだろうさ！　まさしく馬鹿だ！」

「陛下も似たようなものでは？」

「何を言う！　我々ドワーフは帝国に借りがある！　しかもあのお姫様には幾度も世話になってきた！　そのお姫様にあんたを頼むと言われたのさ！　引き受けなきゃドワーフ王の名が廃

る！」

　そう言ってマカールはどんどん酒を飲んでいく。

　これほど楽しいことはないと言わんばかりの表情だ。

「俺は馬鹿が大好きだ！　まったくもってこの国の皇族は馬鹿ばかり！　たまらんよ！　父親が父親なら娘も娘だ！　大事な国境をよりにもよって、商人気質の公爵に預けたんだからな！　その公爵もとびっきりの馬鹿だ！　自分に得なんてないのに引き受けおった！」

「僕はいるだけです。いざ戦闘となったら陛下とこの砦（とりで）の兵士たちにお任せしますよ。僕は責任を取るだけの存在ですから」

「だからシルバーはお爺さんをここに……そうなると元帥は今、帝都に？」

「何事もなければ久しぶりの親子の対面。何かが起きれば敵も味方も気づかぬ援軍。どうであれ皇帝陛下は驚くことだろうね」

　そう言ってユルゲンはニコリと笑ってみせたのだった。

■■■

　ゴードンが剣を掲げた瞬間。帝都に清冽（せいれつ）な声が響いた。

「放て」

　その声と同時に無数の矢が闘技場を囲んでいたゴードンたちを襲った。

その光景を見ていた皇帝の横で宰相が再度謝罪した。

「お許しを。軍部で間違いなく信頼できる方はあの方しかおられなかったので」

「まさか……」

ヨハネスは大きく目を見開き、ゴードンたちに攻撃を仕掛けた集団を見た。

全員がフードを深く被(かぶ)っていたが、その下にチラリと見えたのは軍服だった。

そのフードの集団の中から青いマントを羽織った女性が颯爽(さっそう)と現れた。

軍服の上から青いマントを羽織れるのは三人の帝国元帥のみ。

そして女性の元帥はただ一人。

長い金色の髪が風で靡(なび)く。その姿を見て、ゴードンは呻(うめ)くようにつぶやいた。

「貴様がなぜ⁉」

「帝国元帥が皇帝を守りに来ることがそれほど意外か？　それとも私が父上を守りに来るのが意外だったか？」

そう言って薄く笑うと、フードを被っていた部下たちが一斉にフードを脱いだ。

帝国東部国境守備軍の精鋭たちがそこにはいた。

「自らの無知を恥じるがいい。ゴードン。私はお前が思っているよりは親孝行だ」

「突撃態勢！　あの女を殺せ！」

「こちらのセリフだ！　総員抜剣!!　帝国元帥リーゼロッテ・レークス・アードラーが命ずる!!　逆賊を討て!!」

こうして帝都の中で帝国軍同士のぶつかり合いが起きたのだった。

4

「リーゼロッテがなぜ帝都にいる⁉　東部国境はどうした⁉」

「内密に護衛としてお招きしておりました。東部国境は適切な代理を立てるとご本人が言っておられました」

フランツは静かにそう告げた。

フランツとリーゼがやり取りをしたのは極秘裏の手紙で一度だけ。

フランツは状況を説明し、護衛として帝都に来るように求め、リーゼはそれを了承した。

余計なやりとりは情報が漏れる可能性があるため、一切していない。そのためフランツも東部国境を現在誰が守っているか把握していなかった。

一応幾人か候補は出して推薦したものの、リーゼがこちらで対処すると言って余計な口出しをさせなかったからだ。

東部国境を完璧に守り通してきたリーゼならば、人選を間違えることはないだろうとフランツも深く掘り下げることはしなかった。大事なのは誰にもバレないようにリーゼが帝都に来ることだったからだ。

リーゼがいると思っていれば、皇国は決して動かない。そうフランツは分析していたし、事

実、そうであった。

「すべて任せるとは言ったが、国境守備の要を帝都に来させるとは何事だ⁉　なにより、なぜワシが呼んでもなかなか来んのに、お前が呼んだら来るのだ⁉」

怒るポイントはそこかとフランツはため息を吐く。

なんと言うべきか迷っていると、後ろからエリクが口を挟んだ。

「父上、お話は別の場所で。ここでは目立ちます」

「エリク殿下の言う通りです。移動しましょう」

「ぐぬぬ……」

納得いかないといった表情のヨハネスを引きずるようにして、フランツはリーゼたちの後方へと下がる。

そこでフランツはこれからの段取りを説明した。

「陛下。まずは東門より脱出を」

「脱出だと？　帝都を捨てろというのか？」

「予想よりゴードン殿下に加担した将軍が多いようです。勇爵がすでに備えてくれています。そちらと合流してから後日討伐といたしましょう」

フランツの言葉にヨハネスは一瞬、帝剣城に視線を向けた。

そちらにはまだ多くの妃と子供たちが残っていたからだ。

だが、すぐにヨハネスは視線を切った。

帝都を一時とはいえ捨てるということは民を見捨てるということ。皇帝として妃や子供の安否を気に掛けている場合ではないからだ。

そんなヨハネスの隣でオリヒメが告げる。

「安心するがよい。皇帝陛下。城ではアルノルトが動いておる。こそこそ動くのは得意ゆえ、なんとかするだろう」

「些か不安ではあるが、そう信じるとしよう」

オリヒメの言葉を受けて、ヨハネスは少し表情をやわらげた。

そしてフランツに視線を向ける。

「考えはわかった。しかし、帝都に籠られれば厄介だぞ？　ゴードンがいれば天球も発動できてしまうからな」

「致し方ないでしょう。城に配置した近衛騎士隊長たちにはいざとなれば、虹天玉を持って離脱するように指示を出しております。三つ揃わなければ天球は発動できませんし、いざとなれば勇爵に聖剣を使ってもらうという手もあります」

「出来れば使いたくない手だな」

「手段を選んではおれません。タイミングよく闘技場に連合王国と藩国の要人がいなかったところを見れば、ゴードン殿下と協力関係である可能性は高いでしょう。加えて聖女の一件が陽動だとするなら、王国もそこに加わります。ゴードン殿下に時間をかければ国境がそれだけ危うくなります」

フランツの言葉にヨハネスは思わず舌打ちをする。

ゴードンだけでなく、他国が関わってくるとなると問題の深刻さが跳ね上がる。

他国が帝国を恐れるのは帝国が強国であり、帝国は揺るがない、という認識があるからだ。

しかし、今回の反乱はこれまで盤石だった帝国に生じた数少ない隙となる。

三年前の皇太子の死以上の混乱が待っているかもしれない。

そのような混乱を招くほど愚か者ではないと思っていた。ヨハネスを打ち破り、帝国の支配権を得たとしても弱体化した帝国に待っているのは目をぎらつかせた他国との戦争だ。

協力した国は無理難題を要求し、皇国はゴードンの帝位を認めないだろう。南部の公国もこれを機に大陸中央に打って出るかもしれない。

ゴードンが待ち望んだ戦争ではあるが、明らかに帝国が不利な全面戦争だ。

その未来が見えていないのか、見えていてもどうにかなると踏んだのか。どちらにせよ、愚か者という言葉しかヨハネスには思いつかなかった。

そんなヨハネスの目に戦場のど真ん中で相対したリーゼとゴードンの姿が見えた。

相対する娘と息子。かつては競い合いながらも肩を並べた子供たち。

迷いは一瞬。すぐにヨハネスは戦場全体に響き渡る大声で告げた。

「リーゼロッテ元帥！　殺して構わん！　帝国に楯突くことの愚かさを教えてやれ!!」

そう告げたあと、ヨハネスはそのまま踵を返して東門に向かったのだった。

■■■

戦場の中心でヨハネスの号令を聞いたゴードンは鼻を鳴らした。

「ふん！　何が楯突くことの愚かさだ！　父上は弱くなられた！　かつてのような精強さがあれば俺も反乱など起こさなかったものを！」

「まるで……反乱を起こさせた父上が悪いと言わんばかりだな？」

「無論、そのとおりだ！　かつての父上ならば今の帝国には強い皇帝が必要だといち早く気づいたはず！　軟弱なエリクはもちろん、レオナルトのような甘えた小僧と俺が競いあっていることがおかしいのだ！　帝国のために強い皇帝！　つまり俺が皇帝になるべきなのだ!!　それに気づけぬから反乱を起こしたまで!!」

自分を正当化するゴードンに対し、リーゼは静かに剣を構える。

攻撃する気なのだとゴードンは手に持った大剣を構えたが、その大剣をすり抜けるようにしてリーゼの剣がゴードンの首に迫った。

「くっ！」

咄嗟に体を後ろに傾けたため、ゴードンの首が飛ぶことはなかったが、薄っすらと傷がつく。

「愚かだ愚かだと思っていたが、私の想像以上だったようだな……。そこまで自分に自信があるならば帝位争いで勝ち抜けばよいだけのこと。この場で反乱を起こした時点でお前はエリクにもレオにも勝てないと自分で認めたのだ。反乱に走ったことがお前の弱さだと知れ。だからお前は帝国元帥の地位にすらつくことができなかったのだ」

「俺は弱くなどない！　帝位争いなどでは俺の力は測れぬ！　回りくどい暗闘など弱者の戦いだ！　帝位争いという枠組みに俺を押し込めること自体が間違いなのだ‼」

「小細工を弄し、反乱を起こすのは暗闘ではないのか？　お前のやっていることはすべて矛盾だ。皇族は帝国のために。それさえも忘れ、帝国に災禍をまき散らすお前は皇族としても将軍としても失格だ。貴様のような息子を持って、父上もさぞや悩ましかったことだろう」

「馬鹿にするな！　帝位争いにすら名乗りをあげず、国境に引きこもった貴様に何がわかる‼」

そう言ってゴードンは手に持った大剣に魔力を込める。

すると大剣が光り輝き、ゴードンを包み込む。

「なかなか上等な魔剣を用意したようだな。そんなに自分の力に自信がないのか？」

「ふん！　それ以上の侮辱は許さん！　貴様など捻り（ひね）つぶしてくれるわ‼」

「ならば掛かってこい。帝国元帥の名において、その首を刎ね（は）飛ばしてやろう」

ゴードンは剣を思いっきり振り下ろす。

それをリーゼは後ろに下がって避け（よ）けるが、その一撃で地面が大きく陥没した。

「身体能力強化の魔剣か。お前らしいといえばお前らしいな」

「これが俺の力だ！　貴様に勝ち目はないぞ‼　父上に貴様の首を投げつけてやろう！」

ゴードンの言葉にリーゼは押し黙る。

それを気にせず、ゴードンは追撃をかけた。

横殴りの一撃。リーゼはその一撃を受け止めた。

そして。

「私がわざわざ国境から出向いたのは父上にお前を討たせたくなかったからだ。兄上を失い、父上は心に深い傷を負った。それでも父上はお前が反乱を起こせば、お前を討つだろう。だから私が来た。これ以上……父上には傷ついてほしくはないからだ」

「甘いな！　国境に引きこもって情に流されるようになったか！」

「好きなように言え……父上に息子を討てと命じさせた罪は重い。よくも言わせたな？　その親不孝の代償は――その首で払ってもらうぞ!!　ゴードン!!」

言葉と同時にリーゼはゴードンの剣を弾く。

そしてそこから両者は一歩も動かずに激しい打ち合いを繰り広げ始めた。

まるで嵐のような二人の打ち合いは、近くにいる兵士たちすら巻き込んでいく。

どちらかが死ぬまでその剣は止まることはないのではないか。

そう周りにいた兵士が感じ始めたとき。

突然、帝都を巨大な結界、天球が覆ったのだった。

5

リーゼが帝都に現れた頃。

帝剣城の下層にある一室。特別なことは何もなく、城に無数に存在する普通の部屋の前にザンドラはいた。

「さすがは宰相ね。何の変哲もない部屋に虹天玉を二つも隠しておくなんて、図太いことだわ」

そう言ってザンドラは扉に手をかける。

だが、そんなザンドラを制止する人物が二人現れた。

「動かないでいただこう。ザンドラ殿下」

「自らのお立場を思い出し、大人しく拘束されてください」

一人は三十代前半の男。髪を短く切りそろえ、見るからに武人という雰囲気を纏(まと)っている。

一人は十代後半の青年。色素の薄い茶色の髪が背中まである優男。表情はボーっとしており、何を考えているのか読めない。

どちらも身に着けているのはエルナと同じ近衛騎士を示す白いマント。

そんな二人の声を聞き、ザンドラはゆっくりと振り向く。

「おかしいわね。どうして近衛騎士隊長が二人もここにいるのかしら？　ちゃんと陽動であなたたちが守っていたダミーの部屋にも兵士をやったはずなのだけど？」

「手ごたえがなかったのでな。すぐに陽動だとわかった。まさか差し向けたのがあなただとは思わなかったが」

「あら？　意外だった？　第八騎士隊のオリヴァー隊長」

三十代前半の男の名前はオリヴァー・フォン・ロルバッハ。

近衛騎士団第八騎士隊の隊長を務める男だ。

近衛騎士団には十代の頃から在籍しており、経験豊富な隊長として皇帝からの信頼も厚い。

「無論だ。ゴードン殿下の反乱にあなたが加担するとは思わなかった。あなた方が手を組むなど誰が思う？　あれほどいがみ合っていたというのに」

「一時的なものよ。私がゴードンを利用しているの」

「同じことを向こうも思っているでしょうね。さっさと終わらせましょう。オリヴァーさん。どうせ時間稼ぎです」

そう言って青年は鞘から剣を引き抜く。

青年の名はラファエル・ベレント。近衛騎士団第十騎士隊の隊長。

年は十九。十三歳で近衛騎士に抜擢された天才剣士だ。

同時期にエルナが十一歳という最年少記録で近衛騎士に抜擢されたため、霞んでしまったが、アムスベルグ勇爵家の血筋であるエルナとは違い、ラファエルは特別な血筋ではない。

貴族どころか帝国で生まれたかどうかすら定かではない。

ラファエルは現皇帝が戦場で発見した赤子だった。死んだ母親の横で泣いていた。

そのままにしておけば間違いなく死ぬ。しかし皇帝が引き取るわけにもいかず、ラファエルは皇帝が出資する孤児院に預けられた。

数年後、孤児院の様子を見に行った皇帝は、誰に習ったわけでもないのに木の棒を見事に振るうラファエルを見つけ、剣の才があることを確信して剣士として養育した。

皇帝の目に狂いはなく、ラファエルは近衛騎士となり、近衛騎士隊長にもなった。

次期近衛騎士団長の筆頭はエルナであるが、エルナという例外がいなければラファエルも近衛騎士団長になれる逸材といえた。

大恩ある皇帝への忠義も厚く、エルナと共に次代の帝国を背負う騎士と周りからは見られている。そんな青年にザンドラは笑いかけた。

「ラファエル隊長はせっかちね。もう少し私とお話ししないかしら？」

「女性と話すのは苦手なんです。僕は剣しか知らない男なので」

「そう？　残念ね」

「僕は残念じゃありませんから。どうします？　気絶させますか？」

そう言ってラファエルはザンドラに剣を向ける。

禁術を操るザンドラはいつでも攻撃できるうえに、予測ができないことをしかねない。

表情を変えずにラファエルはそれに対して用心したのだ。

そんなラファエルをオリヴァーは窘(たしな)める。

「ラファエル。どうであれ殿下だぞ？　できるだけ怪我(けが)はさせたくない」

「二度も反乱に組した逆賊です。皇帝陛下ももう娘とは扱わないでしょう」

「それを判断するのは皇帝陛下だ。いいか？　乱暴はするな」

そう言いながらオリヴァーも剣を抜き放つ。

そして後ろを向いた。

そこには栗毛の侍女、シャオメイがいた。

「ザンドラ殿下から離れていただきましょうか？」

「侍女の恰好をしているのに、心地よい殺気を放つ奴だ。その立ち振る舞い、暗殺者か？」

「ご想像にお任せします」

「そうか。では打ち負かした後に色々と聞かせてもらおう！」

そう言ってオリヴァーは両手に力を込めて剣を握り締める。

それに対してシャオメイも短刀を構えて、一戦交える構えを見せた。

正面から自分と戦う気なのだと察し、オリヴァーはニヤリと笑う。

「舐められたものだ！」

「近衛騎士隊長といえどピンキリ。エルナ・フォン・アムスベルグならいざ知らず、あなた程度なら私でもどうにかなります」

「ならば試してみろ!!」

そう言ってオリヴァーとシャオメイは真っすぐ走ってぶつかり合った。

衝突は一瞬。

オリヴァーの一撃でシャオメイは大きく吹き飛ばされて、壁に叩きつけられた。

「ぐっ……」

シャオメイは痛みに耐えながら立ち上がる。

その顔に浮かぶのは笑みだった。

なぜならシャオメイの視線の先では、オリヴァーの腹から剣が生えていたからだ。

「馬鹿な……」

「あなたは嫌いじゃなかったですよ。オリヴァーさん」

「お前が……どうして裏切る……？　ラファエル……」

腹に刺さった剣をラファエルは横に薙ぐ。

腹の半分を切り裂かれたオリヴァーは血を吐き、その場で膝をついた。

頭の中ではどうしてという言葉が巡っていた。

可能性としては真っ先に考えた。

宰相が虹天玉を隠した部屋をザンドラが見つけたのは、情報が漏れたからだろうと。この部屋のことを知る人間はごく少数。

しかし、ラファエルだけはないと疑念を払った。

それほどラファエルの現皇帝への忠誠心は強かったのだ。

「理由があれば許してくれるんですか？」

「……それはないな……」

血が止まらない状況を冷静に分析し、オリヴァーは自分の命がもう長くはないことを察した。

ラファエルほどの剣士が攻撃の瞬間、背後から攻撃してきたのだ。急所を外すわけもなく、その後、腹を半分も裂かれた。

手で押さえていなければ内臓が飛び出てしまうほどの重傷だった。

それでもオリヴァーは剣を手放さなかった。

そして。

「……裏切り者は……粛清する……!!」

オリヴァーは渾身の力を込めて、ラファエルに剣を投げた。

その剣をラファエルはつまらなそうに弾く。

だが、その間にオリヴァーは近くの窓から外に飛び出していた。

シャオメイが窓から外を見たときには、オリヴァーの姿はなかった。

近場の窓から城内に再度入ったのだろう。

「追いなさい！　逃がしては駄目よ！」

「どうせ死にますよ。たぶん騎士団長に伝えにいったんでしょうけど、あの傷じゃ玉座の間にはたどり着けません」

「たぶんじゃ困るのよ！」

ヒステリックに叫ぶザンドラの声を聞き、ラファエルは微かに顔を嫌そうにゆがめる。

だが、すぐに剣を鞘にしまうと歩き出す。

それを見て、ザンドラも部屋に入った。

「さすがは近衛騎士隊長といったところですか……私はしばらく動けません」

「でしょうね。ご苦労様でした。あの人のお守りをしておいてください。僕はオリヴァーさんを追います」

「お気をつけて。近衛騎士隊長が剣を捨ててまで逃げたのです。なんでもしてくるはずです」

「わかってますよ。あの人を警戒してたからあなたに隙を作ってもらったんです。油断なんてするわけないじゃないですか」

そう言ってラファエルはのんびりした足取りで廊下を歩く。

だが、ふとその足を止めて、シャオメイのほうを振り返った。

「そうだ。〝殿下〟に、ご指示どおり仕事はしたと言っておいてください」

「――どの〝殿下〟でしょうか？」

「あなたが仕える〝殿下〟ですよ」

「かしこまりました。あとでお伝えしておきます」

その会話のあと、ラファエルはまた歩き出す。

その後、ザンドラはゴードンが独自ルートで手に入れていた虹天玉と、保管されていた二つの虹天玉を手に持った。あのゴードンが最上品質の宝玉である虹天玉を用意できたことには驚きだったが、今はどうでもよかった。

三つの虹天玉を、城のちょうど真ん中にある〝空天の間〟という儀式場に持ち込み、中央にある台座に三つセットした。

そして自らの血をそこに流し込みながら天球を発動させたのだった。

「あっはっはっ!!　これで逃げられないわよ！　父上！　私と母上を閉じ込めるなんて、絶対に許さないわ!!」

そう言ってザンドラは残酷な笑みを浮かべて、高笑いを続けた。

6

「な、なに!?　空が変だよ!?」

ルーペルトは突然展開された天球を見て、動揺を露わにした。

とはいえ、ルーペルトほどではないにしてもほかの面々も驚いてはいた。

天球が発動したことではない。

発動したタイミングに、だ。

「グラウ……これは……」

「早すぎるな」

短く答えつつ、俺は闘技場のほうを見る。

騒ぎが起きてから間もない。きっとゴードンが父上を狙い、宰相の策が発動したんだろう。

しかし、宰相もこの早さでの天球発動は想定しなかったはず。

「ねえ！　これなに⁉」

「大結界・天球（フィルマメント・クーゲル）。帝都を守る防衛魔法だ。発動できるのは皇族のみ。一度発動すれば外から入ることも、内から出ることもできない。最大発動時には五色の柱が城から空へ伸びる」

　俺の説明を聞き、ルーペルトが城の上を確認した。

　城から伸びる色は三色。つまり最低限の発動であるということだ。

「今は三つだ！」

「つまり敵の手にある虹天玉は三つ……」

「目指す玉座の間には二つ。守るのは近衛騎士団長だろう。突破するのはほぼ不可能だ。他の二つにも近衛騎士隊長が護衛についていたと思うが、まさかこの早さで突破されるとはな……かなり最悪の事態だな」

　もっとも最悪なのは近衛騎士団長が裏切るパターンだが、そんな事態になっていたら二つでの発動じゃすまない。全体の把握もできているだろうし、早々に城は制圧されて終わっている。

　そうなると残る二人のどちらか、もしくは両方が裏切ったと見るべきだろう。

「ど、どういうこと……？　僕らが目指している玉座の間は無事なんでしょ⁉」

　こちらの深刻さが理解できず、ルーペルトが疑問を投げつけてくる。

　どう説明するべきか。そう考えていると、アロイスがそっとルーペルトの手を握った。

「いいですか、殿下。心して聞いてください」

「う、うん……」

「天球は最大で五つの特殊な宝玉を必要とします。城には五個あり、城の中に精通しているアルノルト殿下でもすべての場所を知りませんでした。それだけ厳重な警備が施された物だということです。敵の目的はその宝玉。ですから護衛には手練れである近衛騎士隊長が選ばれていたはずです。玉座の間にいるだろう近衛騎士団長以外にも二人、近衛騎士隊長が城にはいましたから」

「じゃ、じゃあ騎士隊長がやられちゃったの⁉」

「確かなことはわかりません。ただ確実にいえるのは、近衛騎士隊長クラスの実力者が時間稼ぎもできない相手となると、勇者かＳＳ級冒険者くらいしか僕には思いつきません」

アロイスの言葉にルーペルトは目から涙をこぼす。

今の説明を聞き、安直に敵の中にそれだけの実力者がいると思ったんだろう。

実際、その可能性はある。だが、そんな実力者が敵に回ればさすがに察することができる。

だから今回の場合、疑うべきはその可能性じゃない。

それはアロイスもよくわかっている。

「て、敵がそんなに強いなら勝ち目なんて……」

「……幸いというべきか、残念というべきか。それほどの大物が敵に加わっていればわかります。まだ見ぬ強者の可能性もありますが、それよりも高い可能性があります」

「え……？」

「……近衛騎士隊長が時間稼ぎをできなかったわけではなく、護衛として配置されていた近衛騎士隊長が敵に寝返った可能性です。それならばこの早さも納得できますから」

「こ、近衛騎士隊長が……裏切った……？」

ルーペルトは信じられないといったように目を見開く。

そりゃあそうだろう。皇族にとって近衛騎士というのは自らを守る最後の盾だ。

それが裏切ったとなれば誰を信じていいのかわからなくなる。

「そ、そんなはずないよ……帝国近衛騎士団は最強で……皇帝に忠誠を誓ってるんだ……！　その隊長たちはたった十三人しかいなくて！　父上自らが任命したのに！　う、裏切るはずない！」

「殿下……」

「ち、父上が……裏切られるはずない……皇帝陛下がそんな……」

近衛騎士が裏切ったということよりも、皇帝が裏切られたということにショックを受けているようだな。ルーペルトにとって父上は遠い存在だ。

遠いがゆえに憧れてもいた。きっとルーペルトの中で父上は完璧で絶対な存在なんだろう。

「近衛騎士隊長も人間だ。そして皇帝もな。人間ならば気持ちが変わることもある。人間ならば魅力が色あせることもある。成長も老いも人間に必ずある変化だ。その過程で関係性が変わることは別に珍しいことじゃない」

「……なら……裏切っていいの？　変わったなら一度決めた誓いを破っていいの⁉」

怯(おび)えていたはずのルーペルトから初めて強い言葉が出てきた。

きっと涙目で俺を睨む。裏切りという理不尽をルーペルトは許せないらしい。

こいつもなんだかんだでアードラーの一族なんだろうな。

だから俺はそっとルーペルトの頭に手をのせた。

「普通の人の約束と近衛騎士の誓いは違う。彼らは皇帝に対して民と国、そして皇族を守ることを真摯に誓う。ゆえに彼らは信頼される。皇帝が暴虐の限りを尽くしたわけでもないのに、それを裏切るというのは皇帝だけでなく、帝国に住むすべての人への裏切りだ。それを――俺は許しはしない。許してはいけないと思うからだ。同じ気持ちなら君も許すな」

「……うん！」

「なら行くぞ。天球を発動させた以上、敵は城内に残る人質を探すはずだ。これ以上、敵の好きにやらせるのは癪だろう？　敵には一人も人質はやらん。つまり君は絶対に捕まるな。鬼ごっこは得意か？　ルーペルト皇子」

「えっと……あんまり……」

ルーペルトは視線を伏せる。ルーペルトは特別優秀な皇子ではない。

勉強も普通。運動も普通。内気で友達もあんまりおらず、常々母親と一緒にいる。

遊びだって経験だ。何度もやった奴のほうがなんだかんだ上手くなる。足が遅いなら遅いなりに逃げ方を覚えるもんだ。

だが、経験のないことはどうしようもない。たまに経験がなくても簡単そうにやる奴もいるが、そいつらとルーペルトは違う。

だからこそ、傍にいる価値もある。

「なら安心しろ。苦手なことを補佐し、助けるために軍師というのは存在するのだからな。君を必ず玉座の間に連れていくと約束しよう。自慢ではないが、俺はそれなりの軍師だ。それなりには信用してくれていい」

「謙遜ですね。あなたがそれなりなら、世の軍師はみんなそれなり以下です」

そう言ってアロイスは笑う。

そのままアロイスはルーペルトのほうを見る。

「他人のことはわかりません。未来のことも定かではありません。だから生涯の忠誠を誓うことはできませんが――今、このときは絶対にあなたを裏切りません。誰が相手だろうとあなたを守り抜きます」

自分をよく客観視した言葉だ。

共に逃げるとも言わないのは、アロイスなりの覚悟なんだろう。

きっといざとなればルーペルトの盾になる。その覚悟がアロイスはできている。

それがわかったから、ルーペルトも頷いた。

「うん、僕も……アロイスたちを信じるよ」

こうして俺たちは玉座の間を目指して歩き出したのだった。

第三章　逃避行

Episode 3

1

天球を発動させたザンドラは、城の制圧に乗り出していた。

帝都から逃げられる心配はないが、城の制圧に手間取るとすべての計画が遅れてしまう。そのため、ザンドラは自らの側近に声をかけた。

「ギュンター、奴らはどう？」

「待機させています」

かつてアルを襲ったザンドラ子飼いの暗殺者であるギュンター。

そのギュンターの言葉に頷き、ザンドラは歩き始めた。

目的地はギュンターが用意した別室。

扉を開けるとは中には三人の男たちがいた。

「これはこれは、ザンドラ皇女殿下。ようやくお会いできてなによりです。噂以上に美しいので、私のような下賤な者からすると、緊張してしまいますね」

色白で長身の男が笑顔を浮かべながらザンドラに語り掛けた。

「お世辞はいらないわ。あんたたちを大金積んで呼び寄せたのは仕事があるからよ」

「大陸三強の中でも最強と呼ばれる帝国の城にこの面子を呼び寄せるとか、どうかしてるぜ。俺たちを捕まえる罠かと疑ったくらいだ」

椅子に腰かけていた背の小さい男が、ナイフをクルクルと回しながら呟く。

その言葉に壁に寄りかかっていた白髪の男が続く。

「反乱を起こした際に助力を。強大な帝国で反乱とは笑わせると思っていたが……あながち嘘ではないみたいだな」

「その通りよ。ゴードンが率いる部隊が皇帝のいる闘技場へ向かっているわ。その間に私は城を制圧する。ただ城は広く、兵士たちは混乱しているわ。だから城の上階へ行って要人たちを捕まえてきてほしいの。駄目なら殺していいわ」

ザンドラの言葉を受けて、色白の男と背の小さな男が笑う。壁に寄りかかった白髪の男は表情を変えない。

この場にいる三名はどれも名の知れた暗殺者だ。この場に来たのも罠だったとしても逃げられるという自信があればこそ。

軟禁中にザンドラが大金を積んで招集したのだ。本来ならば一人を雇うだけでも苦労するが、暗殺者を多く抱えるザンドラと、その側近であるギュンターの人脈によって三人を揃えることができた。

反乱に加われば罪に問われるが、多くの恨みを買う三人にとって、それは大して意味がないことだった。凄腕の暗殺者ゆえに、彼らは仕事を好みで選ぶ。より難しければよい。

「逃げる要人、守る近衛騎士。どうやって首を狩るか、今から楽しみだぜ」

「おやおや、できれば生け捕りが望ましいという話を聞いていないんですか？」

「俺は暗殺者だ。捕獲は専門外なんだよ。まぁ上等そうな服を着てたら、少しは加減する努力はしてやる」

背の小さい男の言葉に、ギュンターが眉を顰めるがザンドラは気にしない。もとより外部の暗殺者にはそこまで期待はしていないからだ。

人質になりえる要人は城の上を目指す。近衛騎士団長が玉座の間を守っているからだ。

一応、精鋭部隊を送っているが、相手は近衛騎士団長。そう簡単にはいかないだろう。いずれは物量で突破できるだろうが、それには時間がかかる。だが、多くの人質がいれば話は別だ。人質を求めるのは皇帝に対してというよりは、近衛騎士団長に対して。そういう意味合いのほうが強い。

ザンドラにとって皇帝ヨハネスは父だ。性格もよくわかっている。情に厚いとはいえ、皇帝の責務が一番の人間。

人質がどれほどいようと、苦しめることはできても投降は期待できない。

だからザンドラにとって上の階に暗殺者を放つことは保険程度でしかない。城の制圧を早めるためにやっておくことの一つ。その程度の位置づけだ。

本命は軍を完全に掌握して、城を制圧すること。ただし。

「自信はあるかしら？　氷弾のロア」

白髪の男にザンドラは問いかける。

氷弾のロアと言えば、業界の外にも名が知れ渡る当代最強の暗殺者だ。決して仕事をしくじらないことで有名で、ロアが有名になる前に当代最強と言われた死神とどちらが上かと比べられるほどだった。

一応、連絡は取ったが、ザンドラとしても来るかどうかは半々だった人物だ。そんなロアは壁に寄りかかったまま告げた。

「俺は自分の仕事をするだけだ。ただ、協力はしない。俺は一人でやる」

「仕事のスタイルは尊重するわ。任せたわよ」

「その言葉はそちらに返そう。兵士の掌握に手間取れば、俺たちは孤立無援となる。慣れているとはいえ、捨て駒はごめんだ。下は任せたぞ」

そう言ってロアはスッとザンドラの横を通って部屋を出たのだった。残りの二人もそれに続いていく。

「今のは脅しね」

「遅れれば裏切るということでしょう。命が大事なのは暗殺者らしいといえばらしいかと」

「ふん、まぁいいわ。少しでも近衛騎士の数を減らしてくれれば、それだけで呼んだ甲斐(かい)があるというものよ。上手くいって生き残るようなら、そのままゴードンの暗殺に使うわ」

「良き案かと。ですが、すぐに暗殺しては怪しまれます」

「わかっているわ。この反乱が終われば、諸外国が攻め入ってくる。それをゴードンに防がせてから暗殺するのよ。そうすればすべて私のモノだわ」

そう言ってザンドラは薄暗い笑みを浮かべたのだった。

2

俺たちは城の最上階である玉座の間を目指し、歩いていた。

中層から始まり、かなり上層のほうまで来たが、今のところ敵と遭遇はしていない。

敵も下層、中層と制圧するのに忙しいんだろう。兵士たちも全員が指示に従うわけではないだろうし、近衛騎士だっている。数こそ敵より少ないが、彼らは一人一人が精鋭中の精鋭。入り組んだ城の中という場所を考えれば、兵士たちは近衛騎士たちに翻弄されていてもおかしくはない。

とはいえ、状況的に近衛騎士隊長が裏切っている。元上司について裏切る者も出てくるだろう。そうなれば近衛騎士対近衛騎士になってしまう。

どちらも精鋭。ただし裏切ったほうは奇襲できる。その差は大きいはずだ。

「急いだほうがいいかもしれませんね」

曲がり角に差し掛かって、警戒しながら覗き込んでいたアロイスがそうつぶやく。

そんなアロイスの後ろからルーペルトが口を出す。

「こんなに順調なのに？　来る途中、敵には出会わなかったよ？」

「だが、味方にも出会わなかった。城には執事やメイドがたくさんいる。この巨大な城を維持するためにな。それなのに誰とも出会わなかった。いくら上層でも人がいないなどということはありえない」

敵に出会わないだけならまだいい。下で手こずっているんだろうと判断できるからだ。

しかし、味方もいないとなるときな臭い。彼らはどこに行ったのか？

「み、みんな避難したんじゃ……」

「どこに？」

「それは……」

「選択肢は二つ。下か上だ。敵が下にいることは彼らも察するだろう。耳の良い者なら下で剣と剣がぶつかり合い、怒号が飛び交っているのも聞こえるはずだからな。となると、避難するのは上だ。しかし俺たちも相当早く動き出している。そんな俺たちとも出会わないのは不自然だ」

避難というのは難しい。大丈夫だろうとか、どこに行こうかと悩んでしまうからだ。

十人いれば二、三人は必ずそういう人間が出てくる。なのに、この場に残っている者が一人もいないのはおかしい。

では、なぜいないのか？

答えは簡単だ。

「俺が敵なら精鋭部隊を真っ先に玉座の間に向かわせる。それも静かに、な。これだけ人がいないならば、俺たちより先に敵の精鋭部隊が上層に来ていたと見るべきだろう」

「じゃ、じゃあ玉座の間も危ないんじゃ⁉」

「普通ならそうだが、玉座の間を守っているのは近衛騎士団長だろう。魔法の使えないあの空間で、近衛騎士団長ほどの剣の達人が後れを取ることはほぼないだろう。玉座の間は安泰とみていい」

「ならなんで急ぐの？」

「精鋭部隊が玉座の間を制圧できないと聞いたら、相手が増援を送ってきます。今の位置では完全に挟み撃ちにあってしまいます」

「そのとおり」

アロイスの模範的な回答に俺は正解だと告げる。

俺たちはなんとしても玉座の間に入らなければいけない。そこが現在、城で一番安全だからだ。しかし、そこを突破しようと敵も圧力をかけてくる。

時間をかければかけるほどこちらの身動きが取れなくなるし、アリーダでもどうしようもなくなる。

「ここには敵はいなそうです。行きましょう」

念入りに廊下を確認したアロイスの言葉を受けて、俺たちは歩き出す。

そして再度、曲がり角が見えてきたとき。

その曲がり角から帝国軍の軍服を着た兵士たちが現れた。

彼らは一瞬、俺たちの姿に驚いた様子を見せたが、すぐに笑顔を向けてこちらに対応してきた。

「まだご無事な方がいましたか。よかったです。我々は味方です。どうか落ち着いてもらえないでしょうか？」

騎士たちが剣に手をかけたのを見て、一人の兵士が前に出てきた。

にこやかに接する彼らを見て、ルーペルトがホッと息をつく。

だが、俺はルーペルトの手を摑(つか)んで、自分のほうに引き寄せた。

彼らがとてもきな臭かったからだ。

「落ち着くというのは無理な話だな」

そう言いつつ、俺は後ろに手をまわし、ハンドサインでアロイスに下がるように伝える。

ハンドサインを理解したアロイスは騎士たちに落ち着くように指示を出すフリをして、後ろに下がらせ始めた。

通路は一方通行。相手の数は五人。こちらは六人。ルーペルトは戦力外だし、俺も戦力には数えない。そうなると人数不利だ。

アロイスは城で相当剣の腕をあげたそうだが、過剰な期待はしないほうがいい。

ここは策を使わせてもらおう。

「状況からして疑ってしまうのは仕方ありません。我々も困惑しています」

「なら誰の指示で動いているか言え」

「我々は近衛騎士団長、アリーダ様の命令で動いています。上層の非戦闘員を玉座の間に連れていくのが任務です」

「近衛騎士団長が兵士に命令だと？」

「我々は反乱に加担せず、離反したのです」

「筋が通っているようで通っていない話だな。お前たちの話は上辺だけ。なんの証拠もありはしない」

「それは申し訳ありません。信じてもらいたいとしか言えません」

そう言いながら兵士たちはゆっくりとこちらに近づいてくる。

それに合わせてこちらも後ろに下がる。

再度ハンドサインで近場の部屋に入るように指示を出し、俺は時間稼ぎを始めた。

「信じてほしいならまず止まったらどうだ？」

「急いでいるのです。敵が迫っています」

「なら証拠を出せ。こちらの味方という証拠を」

「証拠はありません」

「では質問に答えろ。服についている血はいったいなんだ？」

彼らが怪しいのは態度だけじゃない。その服には返り血がついていた。

「これは斬りかかられた際、反乱に加担した兵士を斬った際のものです」

「なるほど。面白い話だ」

そう言いつつ、俺は膝を曲げて走る準備をする。

彼らは間違いなく敵だ。

「なにが面白いのですか？」

「反乱に加担した兵士が正面から斬りかかってきたのか？　なによりそんな者を近衛騎士団長がすぐに信じ、非戦闘員の保護を命じるなんてありえない。彼女が優先するのは玉座の間の守りと皇族の保護のはずだ。君らに命令するなら幼い皇族を保護しろと言うはずだ」

彼らはアロイスやルーペルトに反応しなかった。アリーダならば必ず言い含めるはずだ。

俺の言葉を聞いて、兵士の顔から笑みが消えた。

その瞬間、俺はルーペルトを抱いて走り出す。

すでにアロイスたちは部屋の前におり、その部屋の扉を開けていた。

俺が滑るようにして部屋に入ると、騎士たちが扉を閉じた。

向こうからはドンドンと扉を叩く音が聞こえてくる。

「どうして敵だとわかったの……？」

「彼らの言うことがすべて本当だったとしても、彼らの態度がすべてを示していた。俺たちは曲がり角を曲がるときには慎重だった。どこで敵と会うかわからないからな。だが、彼らは確認もせずに歩いてきた。それが彼らの立場を示している。狩られる側ではなく、狩る側だと」

「あの一瞬でそこまで見ていたとは……さすがはグラウですね」

「向こうが不注意なだけだ。きっと彼らは玉座の間の制圧に動いた部隊の別動隊なんだろうな。玉座の間に向かう者を捕らえるというのが彼らの本当の任務だろう」

捕らえられないにしても、足止めをしなければ玉座の間に本隊が集中できない。

こちらの動き次第では本隊が挟み撃ちにされるからだ。

「それはわかったけど……僕らも身動きができなくなったよ？」

「それは問題ない。ルーペルト皇子、君の出番だ。そこの机の引き出しを開けてみてほしい」

俺に言われたとおり、ルーペルトは机の引き出しを開ける。

一見すれば何の変哲もない引き出しだが、底は二重になっていた。

「底にはめてある板を取ってみろ」

「板？　こう？」

ルーペルトが引き出しの二重底を取ると、中から鍵が出てきた。

それを持ってこさせ、今度はタンスにルーペルトを忍び込ませる。

「鍵穴があるはずだ。見つけられるか？」

「うーんっと……あった！」

ルーペルトはすぐに鍵を差し込み、それをひねる。

すると、部屋の壁が少しずれて隠し扉が現れた。

「これは……？」

「この城は知られていない隠し部屋や通路だらけだそうだ。俺はアルノルト皇子からその情報を伝えられている。あの皇子はこの城には相当詳しいらしいからな」

「全然知らなかった……でもこれで安心だね！」

そう言ってルーペルトがその隠し扉に向かおうとする。

だが、俺はそれを止めて、指を口に当てる。静かにしろというジェスチャーだ。

そして俺は騎士とアロイスたちに部屋に隠れるように伝える。

城の部屋は物だらけだ。大人でも隠れる場所は一杯ある。

俺はルーペルトを連れて、カーテンに隠れる。

そんなことをしている間に部屋の扉が破られた。

「どこに行った⁉」

「いないぞ⁉」

「いや！　あれを見ろ！　隠し扉だ！　少しずれている！」

「慌てて入って、閉め忘れたな！　追うぞ‼」

兵士たちは意気揚々と隠し扉を開いて、中へと入っていく。

全員が入ったのを見て、俺はカーテンから出ると隠し扉を閉めた。

「また鍵をかけてくれ。ルーペルト皇子」

「すごい！　閉じ込めた！　どうして中に入ると確信できたの？」

「人は見たいモノを信じる。逃げたはずと思っていればそれらしい痕跡を追ってしまうのが人というものだ。それと閉じ込めただけじゃない。地獄に落としたんだ」

「え？」

首を傾げるルーペルトを見て、俺はその頭に手を置く。

「この城の隠し通路や隠し部屋はほとんど歴代の皇帝が作ったものだそうだ。当然、そこには侵入者防止の罠がふんだんに備え付けられている。その罠を受け付けないのは皇族のみ。一応、念のために君に開け閉めをさせたのはそういうことだ」

「じゃ、じゃあ中に入った人は……？」

「さぁな。罠の種類までは把握していない。とりあえずすぐには出ることはできないだろうし、助けも期待できないだろう。即死したか、それとも苦しんでいるか。なんであれ地獄なのは間違いない」

俺の言葉を聞いて、ルーペルトが肩を震わせる。

人の死というものを感じてしまったんだろう。

「気にするなとは言わない。だが、命を狙われた以上は必死に抵抗する権利が人にはある。君も俺もその権利を行使しただけだ。だから覚えておけ。人を殺すということはこんな風に反撃されることもある。敵にもその権利があるからだ」

俺の言葉を聞いて、ルーペルトは静かに頷いた。

十歳の子にはまだ早いことだったはずだ。

　だが、状況はアロイスやルーペルトを子供扱いすることを許してはくれない。

「行くぞ。玉座の間まではもう少しだ」

3

　部屋を出た俺たちはしばらく何事もなく進むことができた。

　だが、玉座の間に向かう際に必ず通る階段。そこで待ち伏せに遭った。

「必ず来るだろうと思ったぜ」

　背の低い男が階段に座っていた。その手には暗殺者が好んで使う、小型で投げるのに最適化されたナイフがあった。

「兵士ではないな？」

「俺みたいな兵士がいてたまるかよ」

　男は笑いながら立ち上がる。そして俺の背に隠れているルーペルトを確認して、何度か頷く。

「上等な服に甘やかされてそうな顔。末弟の皇子か？」

「だとしたら？」

「外れだな。皇国出身の妃の息子じゃ大して人質の価値はない。まぁそのうち他も来るだろう」

「無礼な！」

　一人の騎士が男の態度に激怒して、前に出ようとする。だが、それをアロイスが制止した。

アロイスも男が普通じゃないと気づいたんだろう。

「まだ中層には多くの騎士がいたはず。ここまで返り血も浴びずに来るなど、並大抵のことではない。名のある方とお見受けしたが？」

「若いのに大したもんだ。皇子のお付きなだけはある。俺は〝幻剣〟。幻剣のアッシャー。暗殺者界隈（かいわい）じゃそれなりに名が知れていると思うんだがな」

聞き覚えのある名だ。確かに暗殺者の中ではそれなりに名が通った暗殺者だ。幻術使いであり、その幻術のせいで厳重な警備もいとも簡単にすり抜けるという。

「ザンドラ皇女の配下となったか」

「雇われたのさ。あんたもそうじゃないのか？　流れの軍師、グラウ。帝国軍一万を相手に持ちこたえたジンメル伯爵の軍師。敵の中にいるかもという情報はあったが、本当にいるとはな」

「使いつぶされるだけだぞ？　反乱が終われば、今度はゴードン皇子の暗殺に使われる。一度、深みにはまれば抜け出せない。暗殺者としてまずい雇い主くらいわかるはずだが？」

「金払いがいい雇い主はいい雇い主さ。まずいと思えば逃げるだけ。俺を捕まえることは誰にもできないし、俺から逃げることも誰にもできない！」

お喋りを続けていたのは準備をしていたから。

アッシャーはナイフを俺に向ける。すると、無数のナイフがアッシャーの周りに浮かびあがった。すべて幻術だ。だが、見抜けなければ本物のナイフが自分に近づいてもわからない。

「千本のナイフを避（よ）けられるかな？」

アッシャーがそう言ってナイフを投げようとする。その瞬間。

俺は右足で床を叩く。すると、アッシャーの様子が激変した。

「なに⁉　幻術⁉　いや幻術返しか⁉」

アッシャーが使った幻術をそっくりそのまま返した。今のアッシャーには俺たちが無数に分身しているように見えているだろう。

幻術をそのまま返すとなると、圧倒的な技量差がなければ成立しない。

俺をグラウと知っている者はいるだろう。だが、その中身がシルバーだとは知らない。ゆえにグラウという軍師として見る。

魔法が使えたとしても、所詮は軍師。一線級ではない。その侮りが命取りとなった。

「くそっ！」

先ほどまで俺たちがいただろう場所にアッシャーはナイフを投げる。だが、すでにその場に俺たちはいない。

そしてアッシャーはあっけなく騎士たちによって斬り伏せられた。普通の幻術ならば解除するなら、抜け出すなりと手はあっただろう。だが、今回は自分の幻術を返された。圧倒的な力量差で返されては解除などできない。

自分の常とう手段で自分が斬られる。自業自得だが、哀れな最期だ。

「仲間を見捨てるとは良い趣味とは言えんな」

「仲間？　違いますね。彼と私は同じ方に雇われただけ。同業者であれ、仲間ではありません」

そう言って少し離れた場所から色白の男が一礼してきた。

次から次へとご苦労なことだ。唯一の救いは共闘する気がないということくらいか。

「名は？」

「マリユス。通り名は閃光と申します」

「閃光か……確か二年前。帝国の東部国境守備軍の将校を訓練中に殺害した怖いモノ知らずだったか？」

「ええ、あれはスリリングな経験でした。三日三晩追われることになりましたからね」

リーゼ姉上の軍の者にちょっかいをかけるなど正気ではない。しかも成功させている。とはいえ訓練中。おそらく部隊は本隊と離れていただろう。リーゼ姉上が直轄している部隊にちょっかいをかけたら、三日三晩の追跡程度では済まない。

まぁそうだとしても、マリユスの凄さは変わらない。危険だろうと、必ず依頼をやり遂げるプロだということだ。

「ザンドラ皇女殿下からは人質の確保を命じられているので、できれば抵抗をやめていただきたいですね」

「そこで寝ている奴にも言ったが、利用されるだけ利用されて捨てられるのがオチだぞ？」

「暗殺者とはそういうもの。ですが、圧倒的な利用価値を示せば、ただ利用される立場は卒業できます」

「目的はザンドラ皇女の側近の立場か……先見の明があるとは言えんな」

「ゴードン皇子よりはマシでしょう。反乱が成功すれば、彼は戦争に明け暮れることになる。王国が味方にいるのはザンドラ皇女がいるから。嫌でもザンドラ皇女はしばらく生かしておくしかない。そうなるとしばらく二人の同盟は続きます。どちらが使う側で、どちらが使われる側か。子供でもわかります」

「賢そうに語るのは結構だが、反乱が成功するなんて、子供でも思わないだろう」

「人生には賭けに出る時も必要ですので」

そう言ってマリユスは細身の剣を抜いた。刺突に特化した剣だ。

閃光なんて二つ名を持つあたり、スピードに特化したスタイルと見るべきか。

結界で防ぐのが一番手っ取り早いが、そうなると正体に気づかれかねん。できればそれは奥の手としておきたい。

「アロイス、集中しろ」

「はい」

アロイスはマリユスの動きを注視していた。剣を抜いた時点で、マリユスは俺たちが素直に投降するとは思っていない。人質になるのはルーペルトのみ。あとは殺すという判断をしたんだろう。

アロイスが剣を構え、浅い呼吸を繰り返す。

そしてマリユスの体が一瞬、傾く。次の瞬間、マリユスは閃光に包まれて突撃してきた。

魔法による加速。身体強化で体を動かしているわけではなく、一つの方向に無理やり自分を加速させているのだ。

まさに閃光。一瞬でマリユスの剣がアロイスへと向かう。だが、俺がアロイスの体を少し引っ張ったため、マリユスの剣とアロイスの剣がぶつかり合う。

一瞬の交差の後、マリユスは俺たちの後ろに回っていた。

「なかなかどうして、やりますね」

「さすがにまぐれです。次は防げません」

「一回防げただけ上々だ」

今のを見るかぎり、加速をコントロールできるわけではないようだ。暗殺者にとって、一瞬の加速こそがすべてだからだろう。

不意打ちならば効果的だが、相対した状態では効果は半減する。

「次はないですよ」

「それはどうかな？」

あえて挑発的な言動で俺へ注意を向ける。

マリユスはそんな俺の挑発にのって、視線を俺に向けた。

そして次の瞬間、俺の前まで接近して剣を胸に突き刺そうとする。だが、その剣を俺は右手の手のひらで受け止めた。

「なに⁉」

右手の手のひらには集中的に結界を張っていた。それで突きを防いだのだ。

加速による刺突。強力だろうが、種がわかれば狙いもわかる。

一撃必殺の技である以上、狙うのは頭か喉か心臓。致命傷を与えられる場所だ。

少し上では近衛騎士団長が玉座の間を守っている。何か状況が変わって降りてくれば、マリユスとしてもピンチだ。だからそんなに時間はかけられない。だから狙いが読めた。

狙いが読めれば防ぐこともできる。

動きの止まったマリユスに対して、アロイスと騎士たちが剣を振るう。しかし、マリユスは華麗な身のこなしで距離を取った。

状況は振りだしに戻った。だが、今のでこちらから攻撃を当てるのはなかなか難しいこともわかってしまった。

狙いがわかるといっても、俺だけの話だ。他を狙われては防ぐのは難しい。

そうなると状況を変えなくてはいけない。

長い廊下は奴に有利な場所だ。向こうの加速は活かせるし、こっちの選択肢は少ない。

ならば取るべき方法は一つ。

「全員走れ！」

俺の号令でアロイスたちが走り出す。向かうのは曲がり角。階段を上らなければ玉座の間にはたどり着けないが、あいつがあそこにいる以上は上ることはできない。

そういうことなら移動するまで。直線で効力を発揮するマリユスの技は、曲がり角の多い場所では効果が出にくい。

だが、マリユスとて馬鹿じゃない。俺たちが曲がり角に入る前に追撃しようとする。

しかし、マリユスが動く前にアロイスの傍を何かが通り過ぎた。

「えっ……？」

通り過ぎた何かを目で追うと、小さな穴が壁に開いていた。アロイスがもう少し動いていたら、アロイスの頭にあの穴は開いていただろう。

俺はマリユスのほうを見る。マリユスよりさらに後方。そこに白髪の男が立っていた。

「邪魔をしないでもらいましょうか？　氷弾」

「早いもの勝ちだ。俺が仕留める。下がっていろ」

「そういうわけにはいきません」

「では、競争だな」

そう言って二人が俺たちを追ってくる。俺は茫然とするアロイスに声をかけた。

「とにかく走れ！　足を止めるな！」

「は、はい！」

アロイスと騎士たちは、ルーペルトを守りながら走る。だが、相手が手練れすぎる。一人でも厄介なのに、二人に増えた。

しかも、もう一人は正真正銘の手練れだ。

「また暗殺者が増えるなんて……」

「同格だと思うな。俺の耳が正しければ、たしかに氷弾と呼んだ。依頼を決してしくじらないことで有名な、百発百中の暗殺者だ。間違いなく最強の暗殺者の一人だ」

セバスをして、真似(まね)できないと語らしめるその手法は単純だ。魔法で作り出した氷の弾を飛ばすだけ。だが、その氷の弾は恐ろしいほど長く持続し、高い貫通力を誇る。

氷弾はそれを自在に操り、遠く離れた位置からでもターゲットを狙えるという。

しかも氷の弾はいずれ溶ける。そうなると凶器は消え去る。

氷弾の仕業だと判明する場合のほとんどが、氷弾以外では不可能だからという理由だそうだ。

そんな奴が後ろから追ってきている。絶体絶命もいいところだ。

「グラウ……」

アロイスが俺のほうを心配そうに見てきた。こちらにも奥の手はある。それは俺だ。

だが、安易に使っていい手ではない。わざわざグラウに変装している意味がない。

悩ましいものだ。

「部屋に入れ！」

俺は指示を出して、アロイスたちを部屋の中へ入れる。そして扉を机でロックする。これでしばらくは入ってこられない。

「グ、グラウ！　早く抜け道を！」

「ここに抜け道はない」

「えっ⁉　じゃあどうしてこの部屋に入ったの⁉」

ルーペルトが信じられないという表情を浮かべる。たしかにその通り。抜け道がなければ俺たちは袋の鼠。

「近衛騎士団長の援軍を待つんですか？」

「悪くない手だが、相手が悪い。向こうも手一杯なはず。手が空く頃には俺たちは捕まっているだろうな」

俺の言葉にルーペルトの顔が恐怖で歪む。それは騎士たちも同じだ。苦肉の策でここに入ったのだと思ったのだろう。だが、アロイスだけは違う。

「何か勝算があるんですか？」

「二つほどな。最初の一つが当たってくれていると、二つ目を使わずに済む」

二つ目というのは、もちろんシルバーとして力を発揮することだ。だが、おそらく読みが正しければそうはならない。

そんな話をしていると、扉が一瞬で破壊された。顔を出したのは氷弾のロアだった。

「礼を言うべきか？　流れの軍師」

「どうだろうな」

「な、仲間はどうしたの……？」

「奴は仲間ではない」

そう言ってロアは廊下のほうへ視線をやる。おそらくそこにはマリユスの死体があるんだろう。それを察してルーペルトは顔をしかめる。

「仲間を殺すなんて……」

「仲間ではないと言っているはずだ」

「手柄欲しさに後ろから襲ったんだな！　最低だ！」

「後ろから襲ったことは認めよう。非常にやりやすかった。扉を破ることに気を取られていたからな」

　ロアの態度にルーペルトは憤るが、それを俺は手で制す。思った通りの状況らしい。

「グラウ！　こいつを早くどうにかしてよ！」

「必要ない。彼は味方だ」

「ええ⁉　どうしてそう言えるの⁉」

「こちらも聞きたいな。なぜそう思う？」

「味方でないならわざわざ外す必要がない。俺たちに死なれると困るんだろう？」

　ロアにとってアロイスとの距離は至近距離同然だったはずだ。外すなんてことはありえない。直撃コースから外れているから、俺も咄嗟(とっさ)に結界を張ることはしなかった。あれは最初から外すように撃っていたのだ。

「あからさま過ぎたか。たしかに俺は味方だ」

「誰に雇われた？」

「宰相だ。他の暗殺者はともかく、俺が敵に回るのは避けたかったようだ。なかなかの額を提示してもらった」

「さすが宰相、賢明だな。ではこれから護衛に回ってもらえるのか？」

ロアはその質問に首を横に振った。それは別に意外でもない。

「俺は暗殺者だ。そういうのには向いていない。城を抜けて、適度に反乱軍を混乱させるとしよう。宰相からも自由に動いていいと言われているのでな」

「そうか。助かった……だが、本当に金だけで帝国側についたのか？」

氷弾のロアは引く手数多の暗殺者だ。そもそも帝国の内輪もめには関わらないという選択だってあったはず。今までの二人もそうだが、暗殺者にとって身を晒すというのは危険以外の何物でもない。

わざわざ首を突っ込んだ理由があるはず。それゆえの質問だった。

それに対してロアは表情を変えずに告げた。

「駆け出しの頃、死神に命を助けられたことがあった。その借りを返しに来ただけだ。できれば直接借りを返したかったが……無理なら仕方ない。奴が肩入れする帝国を助けることで借りを返したということにする。それだけだ」

そう言ってロアは一瞬で姿を消した。まるでセバスのように。

危なかったな。宰相が手を回していなければ、早々に奥の手を出す羽目になっていた。

これで宰相もある程度、最悪を想定して動いていることがわかった。だが、あくまで想定していただけだろう。明確な証拠を元に動いていたわけではないはずだ。

だから対策はきっと最低限だ。まぁ宰相の最低限だから、きっと父上を帝都から逃がすというのは外さないだろう。

だが、逆をいえばそれくらいしかできないということだ。帝都がゴードンとザンドラの手に落ちることもありえるし、皇帝以外を守れないということもありえる。

宰相として最優先は皇帝だ。皇帝のためならほかの皇族は切り捨てるだろう。それが宰相の役割だ。国のためになることを優先できるから、ずっと宰相でいられるのだから。

だから父上は宰相に任しておいていいだろう。俺がするべきなのはそれ以外の保護。

「行くぞ。玉座の間に行けばひとまず安全だ」

そう言って俺はアロイスたちと共に階段へ向かったのだった。

4

俺は強さという点でこいつヤバイっていう感想を他者に抱くことはあんまりない。

ＳＳ級冒険者とか、エルナとか大陸屈指の例外たちくらいだろう。もしくは人間という枠組みを軽く超えてくるモンスターたちか。

そんな俺が久しぶりにヤバイと思った。

それだけ玉座の間の扉で戦うアリーダは強かった。玉座の間に入って戦うまでもないと言わんばかりに無双している。

玉座の間を目指す敵は精鋭部隊。

その数は百以上。そのほとんどが扉の前で冷たくなっていた。

アリーダによって斬り伏せられたのだ。

「ぐっ！　総員突撃態勢！　一気に突破するぞ!!」

指揮官と思わしき男が鼓舞する。

とはいえ、その指揮官も片腕を失っている。

いや、片腕で済んでいるというべきか。

残るのは十人ほどだが、無傷な者は誰もいない。

運よくアリーダの刃から逃れた者たちだ。しかし、彼らは無謀にも一斉突撃でアリーダを突破しようと試みた。

玉座の間の扉は大きい。とはいえ、大人が十人も突っ込むのは無理がある。

必然、前と後ろで分かれてしまう。

そうなればアリーダの思う壺だ。

澄んだ音が鳴り響く。

早業。そんな言葉が浮かぶ。

アリーダは突撃してきた兵士たちの首を余さず斬り飛ばしたのだ。

唯一生き残ったのは指揮官だけだ。

「そんな馬鹿な……訓練を重ねた私の部隊が……」

「訓練した部隊で近衛騎士が倒せるなら、皇帝陛下は近衛騎士を重用したりしませんよ」

「くそっ……なぜそこまでの力がありながら皇帝に従う？　憎くはないのか!?　弟を殺した皇

帝が!!」

ヤケクソ気味の説得だ。

しかしそれはアリーダの心の隙を的確に突く言葉でもある。

アリーダには皇族を恨む理由がある。

それは俺も危惧していたことだ。なにせ直接関わっている。

だが。

「弟は自らの行いの責任を自らの命で取ったまでのこと。陛下のせいではありません。責任があるとすれば……あの子に世の中の厳しさを教えられなかった私たち家族のほうです。陛下には多大なご迷惑をかけたと反省していますよ」

「家族が大切ではないのか!?」

「大切です。しかし、私は近衛騎士団長となり、多くの時間を陛下の傍で過ごしました。幼い頃から知っている父の友人が、帝国のことをどれほど考え、どれほど動いているか。私は知ったのです。毎日、寝る間を惜しんで帝国中から押し寄せる書類と向き合い、民と向き合おうとする皇帝陛下と、家の名声に甘んじて、好き勝手に暴れた弟。どちらの肩を持つかは明白では?」

アリーダはそう告げると指揮官の首を刎ねた。

そして曲がり角からその様子を窺っていた俺たちのほうを見た。

「――ご無事でなによりです。ルーペルト殿下」

俺の後ろに隠れ、顔だけを出していたルーペルトを確認し、アリーダはフッと優しく微笑(ほほえ)む。

だが、ルーペルトは腰が引けている。

なにせアリーダの周りには無数の死体が積み重なり、血の海ができていたからだ。

それに気づいたアリーダは、失礼しましたと言って風の魔法でその場の死体や血を通路の端に吹き飛ばしてしまった。

「これで少しは綺麗(きれい)になりましたね。殿下、こちらへ」

「あ、う、うん……」

「殿下を保護してくださったのはジンメル伯爵でしたか。感謝申し上げます」

「いえ、僕は言われたとおりに行動しただけですので。ここまで連れてきてくれたのは軍師のグラウとアルノルト殿下の指示があったからです」

そう言ってアロイスが頭を下げる。

しかし、アロイスは自分がまずいことを言ったのではという表情を浮かべていた。

俺の名前を出したのは失敗だと思ったんだろう。

敵にはああ言ったが、弟の死の原因である俺とレオを好ましいと思っているはずがないからな。

しかし、アリーダは予想外の反応を見せた。

「なるほど。アルノルト殿下が動いていましたか。あなたを城に引き入れたのも殿下ですか？帝国軍一万を撃退した流れの軍師、グラウ」

「いかにも。もっとも頼まれなくてもアロイスを助けるつもりではあったが」

「……今は状況が状況です。あなたの素性について問い詰めるべきではないのでしょうね」

「そうしていただけると助かる」

「せめて、幻術を使わずにいてくれれば疑わずに済むのですが？」

「素顔を晒せと？　帝国軍と敵対した以上、これくらいは安全策として許してほしいものだ」

俺の言葉を受けて、アリーダはそうですかと静かに頷いた。

これ以上、問い詰める気はなさそうだ。

そしてアリーダはルーペルトたちを玉座の間に招く。

だが、俺はその場を動かない。

「グラウは？　来ないの？」

俺が玉座の間に入らないのを見て、ルーペルトが不思議そうに首を傾げた。

そんなルーペルトに向かって俺は頷く。

「ああ、まだやることがある」

「で、でも……下にはもう兵士が一杯のはずだよ……？　グラウがそう言ったんだよ？」

「そのとおり。敵は多い。ここにいたほうが安全ではあるだろう。だが、手助けを必要とする者がまだ多く残っている。アルノルト皇子は人質になり得る人物たちをすべて城外に逃がす気だ。良い作戦だが、彼だけでは不可能だろう」

「グラウ……」

ルーペルトが心配そうにこちらを見つめる。

その目には不安が映っている。

だが、ルーペルトは大きく深呼吸したあとに告げた。

「……城にはまだアルノルト兄上はもちろん、クリスタ姉上もいるんだ。お願い……できる？」

「承知した」

俺の言葉にルーペルトは顔を輝かせる。

この少しの間にルーペルトは成長した。

自分のことだけではなく、クリスタのことまで考えられるようになった。

こんな状況で成長するのが良いとは思わないが、それでも弟の成長は嬉しいものだ。

「アロイス。ルーペルト皇子を任せたぞ」

「はい。グラウもお気をつけて」

「君もな。では近衛騎士団長。失礼する」

「私の部下を一人つけましょうか？」

アリーダの申し出に俺は苦笑する。

きっとこれは援護ではなく監視のつもりなんだろうな。

だから俺は首を横に振った。

「遠慮しよう。あなたの部下が一緒では目立つ」

「あなたの恰好でも目立つと思いますが？」

「そこは考えてある。心配ご無用だ」

そう俺が言うとアリーダは何も言わなかった。

無理に部下を押しつけても仕方ないと思ったんだろう。

アリーダとしても戦力が余っているわけじゃないだろうからな。

「――近衛騎士団長としてこのようなことを頼むのはお恥ずかしいかぎりですが、どうか皇族の皆様をよろしくお願いします。私はここを動けませんので」

「言われるまでもない。流れの軍師などをやっている俺としては、反乱というのは好かん。戦場で一番非難される行為だからな。戦場に生きる者として、裏切りの果てに成功があると思っている人種には思い知らせないと気が済まんのだよ。裏切り者の末路というのがどんなに悲惨かということを、な」

そう言って俺は玉座の間を去った。

そして一瞬だけ探知魔法を発動させる。最も近いのはクリスタとトラウ兄さんたちだ。

どうやら長兄の側近と合流し損ねているようだが、クリスタたちはまだ無事だ。

帝国軍は部屋の中にいるクリスタたちに気づいていないようだ。

というか、部屋自体に気づいていない。

「軍が裏切っているのに、会って数日の子供が手を取り合っているってのは皮肉な話だな」

クリスタの傍にはエルフの要人、ウェンディがいた。

おそらくクリスタがウェンディを部屋から出したんだろう。だから予定が狂って、長兄の側近とは合流できていない。

それでもウェンディが幻術を使って、帝国軍の目を逸らしている。

俺が行くまではなんとかなるだろう。

心配なのはただ一つ。

「トラウ兄さん、大丈夫かなぁ……理性的な意味で」

クリスタの傍にはリタまでいる。

トラウ兄さんにとっては天国みたいな状況だろう。

嬉しすぎて倒れてなきゃいいが。

まぁあの人はあれでちゃんとしているし、この緊迫した状況でアホなことはしないだろう。きっと。たぶん。そうだと信じたい。

「……急ぐか」

そうつぶやいて俺は転移門を展開したのだった。

5

俺はクリスタたちがいる部屋から少し離れた部屋に転移した。そこで幻術を解いてアルノルトへと戻る。

そのまま俺は素早く隠し通路を開ける。クリスタたちがいる部屋に繋がる隠し通路だ。

そこを駆け足で走り抜け、俺はクリスタたちがいる部屋の大きな衣装タンスに出た。

すると。

「デュフフフ……幼女が三人……儚げ幼女に元気幼女にロリフ!!　尊い！　尊い！　自分、これだけで何でもできそうでありますよ！」

そんなことをつぶやきながら、タンスの隙間から部屋にいるクリスタたちを見ている変態がいた。

しかもなぜか腕立てをしていた。

荒い息を吐いているのは疲れているからか、興奮しているからか。

とりあえず気持ち悪いので俺はそれを踏みつけた。

「おい、この状況でなにしてる？」

「ほげぇ!?　そ、その声はアルノルト!?　非常事態に兄を踏みつけるとは何事でありますか!?　そんな子に育てた覚えはないでありますよ！」

「育てられた覚えもありません。それにトラウ兄さん。とんでもない非常事態なので踏みつけているんです。今、まさに兄弟から犯罪者が出そうなので」

「そうでありますよ！　ゴードンが反乱であります！　止めなければ！」

「いえ、ゴードンだけじゃなくてトラウ兄さんもです」

「じ、自分も!?　心外な！　自分のどこに犯罪者要素があるというでありますか!?」

本当に心外そうにトラウ兄さんが叫んだ。

それに対して俺も負けじと言い返す。

「全部ですよ！　頭から足まで、全部犯罪者要素しか感じられませんよ！」

「全否定ですと⁉　自分が何をしてたと言うでありますか⁉　幼女を眺めるのが犯罪だと⁉」

「スレスレですよ！　大体見ながら息荒らげてたでしょうが！」

「それは腕立て伏せをしていたからであります！」

「なんでタンスでしてるんですか⁉」

「いざというときに幼女を守るためでありますよ！　久々に剣を持ったら重かったので！」

「今鍛えてるんですか⁉　もう遅いでしょ！」

「何事も遅いなんてことはないでありますよ！」

そう言ってトラウ兄さんは腕立てを再開した。

疲れるだけだと思うが。こんな短時間じゃ筋肉もつかないだろ。

そんな風に思っているとタンスが開けられた。

開けたのはクリスタだった。

「トラウ兄上、うるさい」

「も、申し訳ないでありますよ……クリスタ女史……で、でもアルノルトが来たせいでありまして……」

「人のせいにしないで。大声出すとウェンディが怖がるから静かにしてて」

「はい……申し訳ないであります……ああ、でもクリスタ女史と話せたでありますよ！　ふふん！　羨ましいでありますか？　アルノルト！」

完全に力関係がはっきりしてるな。

俺は可哀想な人を見る目でトラウ兄さんを見たあと、クリスタに腕を引っ張られた。

「アル兄様、いらっしゃい……こっち来て」

「じゃ、じゃあ自分も……」

「トラウ兄上はそこにいて。ウェンディが怖がるから」

「はい……」

クリスタにそう言われたトラウ兄さんは、言われたとおりタンスを閉めた。

ここまで来るなと言われるということは、きっと何かしたな。

そんなことを思いながら俺は部屋の真ん中に案内された。

そこではウェンディとリタが紅茶とお菓子を広げて、ちょっとしたパーティーをしていた。

「アル兄！　いらっしゃい！」

「ご無事でなによりです。殿下」

リタはいつもどおり元気よく俺に挨拶し、ウェンディが控えめに頭を下げた。

なんというか……落ち着いてんなぁ。

ルーペルトとは大違いだ。

まぁ三人とも潜ってきた修羅場が違うからな。

クリスタもリタも命の危機に晒されたことがあるし、ウェンディはつい最近までダークエル

フと一緒に行動せざるを得なかった。

それに比べればこの状況はまだまだ余裕があるんだろうな。

「三人とも無事でよかった。ウェンディ殿を助けたのはクリスタか？」

「うん……部屋にずっといると捕まっちゃうから」

「申し訳ありません……私のせいで予定を狂わせてしまって……」

「気にしないでいいよ。ウェンディが幻術で気づかないようにしてくれてるから無事なんだから」

そう言ってクリスタがウェンディに笑いかける。

といってもいつも無表情なクリスタだ。

微笑(ほほえ)んだくらいの変化だが、それだけクリスタにとってはウェンディは大切な友人なんだろう。

秘密を共有していた仲ということであれば、俺とフィーネの関係に近いのかもしれない。

「アル兄、城はどんな感じだったの？」

「玉座の間は近衛(このえ)騎士団長が固めてる。それ以外は兵士ばかりだな。上層はまだ少ないが、そのうち登ってくるだろうな」

お目当ての虹天玉は玉座の間にあるからな。

ゴードンが事前に一つも虹天玉を用意できていない場合、玉座の間の制圧は必須だ。

一つ用意できていた場合、手に入っていない虹天玉は三つ。

聖剣への備えも考え、ゴードンは四つでの展開をしたいはず。だから残る三つのうち、あと一つは手に入れたい。

二つは玉座の間にあり、もう一つは俺もどこにあるかわからない。

宰相のことだ。どうせ元々あった場所から移動させているだろう。

簡単には見つからない場所に隠しているだろうし、結局は玉座の間の制圧に動かなくちゃいけない。

しかし、城にはあと一つ隠されており、そちらを見つければアリーダを相手にしなくても済む。

だから全力で玉座の間に向かうことはしないし、できない。

いやらしい対策だ。

一つのところに戦力を集めず、分散させたのは敵の思考が読めているからだろう。あとは裏切りがあった場合の被害を最小限に抑えるため。

まぁそこは宰相も重要だとは思っていなかったんだろう。信頼できる近衛騎士隊長を配置すれば済む話だ。

問題なのは信頼できる騎士隊長が裏切った点。

「トラウ兄さん。聞こえますか？」

「なんでありますか？　自分、腕立てに忙しいのでありますが？」

「そのまま聞いてください。ゴードン側に近衛騎士隊長がつくメリットってありますか？」

「ほぼないでありますよ。近衛騎士隊長が裏切ったならば、よほど父上が嫌いだったか、もしくは他の目的があると考えるべきであります」

「ゴードンに忠誠を誓ったわけではないと？」

「軍を重用するゴードンに忠誠を誓ってどうすると？　軍での栄達を望むようなら最初から近衛騎士にはなっていないでしょうし、ゴードンの反乱はあまりにもリスキーであります。成功するかどうかはよくて半々といったところでありましょう」

「ですよね。たとえ父上を討ったとしても、絶対に各地の諸侯はゴードンを認めない」

「そうであります。そうなるときっと各地の諸侯は違う皇帝を担ぎ出すでありますよ。ゴードンに対抗できる人物はレオナルトかエリクのみ。とはいえ、レオナルトは帝都の外。皇帝の危機に傍にいなかった皇子は頼りないとみられるでしょうな」

　どうやらトラウ兄さんの考えも俺と同じらしい。

　今回の一件、おそらくゴードンの反乱という派手な光の裏で、どす黒い闇が蠢いている。

　それが事態をややこしいことにしている気がする。

　暗躍の糸は見えている。しかし、それをたどって犯人のもとにはたどり着けない。

　どこまでいっても憶測だし、丁寧にたどっている暇がない。

　俺たちはゴードンに対処しなければいけないからだ。

「良い隠れ蓑ということですかね、ゴードンは」

「そういう面もあると思うでありますよ。本人がどう思っているかはわからないでありますが」

たぶん本人は気づいていても気にしないだろう。

自分を操ることなど不可能とか思いそうだし。

そんなことを思っていると俺たちがいる階で兵士の叫び声が響き始めた。

どうやらお待ちかねの護衛が来たようだ。

「全員、移動の準備を。トラウ兄さん、どうやら来たようですよ？」

「そのようでありますなぁ」

そう言ってトラウ兄さんが汗だくでタンスから出てきた。

その姿にウェンディはひぃっと小さな悲鳴をあげてリタの後ろに隠れた。

「き、傷つくであります……」

「トラウ兄上が悪い。ウェンディにいきなり色んな質問するから」

「そんなことしたんですか？」

「ロリフを見て興奮が抑えきれず……不覚でありました」

自分としたことがと、トラウ兄さんは後悔をにじませる。

まったく、こういうところがなきゃ良い人なんだが。

クリスタはウェンディの幻術で気づかれていないと言っていたが、気づかれていないのは目立たない部屋に幻術がかけられているからだ。

この部屋に逃げ込む判断をしたのはきっとトラウ兄さんだ。

地味に良い仕事をする。

「トラウ兄上、汗臭い」

「ガーン！　妹に臭いと言われたであります⁉」

クリスタはトラウ兄さんに容赦がない。

その原因はリーゼ姉上だ。

クリスタがトラウ兄さんを兄様と呼ばないのもリーゼ姉上の指示だ。

ある意味、リーゼ姉上が一番警戒しているのはトラウ兄さんなのかもしれない。

深く落ち込んだ様子を見せていたトラウ兄さんだが、突然、扉のほうに視線を向けた。

そして威厳のある声で告げた。

「入るでありますよ。我が兄の両翼よ」

その許可が出ると扉が開かれたのだった。

「お久しぶりでございます。トラウゴット殿下」

「マルクスとマヌエル、殿下の御前に参上いたしました」

扉が開かれると、その前で二人の男が片膝をついてトラウ兄さんに挨拶した。

どちらも明るい金髪に同じ色の瞳。

兄のマルクス・フォン・ライフアイゼンは精悍(せいかん)な顔立ちの美丈夫。

弟のマヌエル・フォン・ライフアイゼンは柔和な顔立ちで、兄よりも童顔なためかなり若く見える。

皇太子の両翼として、皇太子を支え続け、いずれは帝国の重鎮になるはずだった逸材。

皇帝すらその才を惜しみ、しかし、皇太子以外には仕えなかった夢追い人。

彼らを動かせるのは唯一、トラウ兄さんだけだろう。

「ご苦労であります、二人とも。無理な頼みを聞いてくれてありがとうであります」

「何を仰いいます、殿下。あなたは亡き皇太子殿下の弟君」

「あなたの危機とあらばどこへでも駆け付けましょう」

「兄への忠誠、感謝するであります。そしてその忠誠を利用したことも謝罪するであります。ここで誓うでありますよ。自分はもう二人に対して兄の名は使わないと」

二人の心は亡き皇太子に向けられている。それをトラウ兄さんはは き違えたりはしない。

だから兄への忠誠を感謝したし、もうこの手は使わないと誓ったんだ。

人心掌握術としては最高の一手だろうな。

打算でやってれば大したもんだが、きっと打算ではなく自然と出た言葉だろう。

本心から長兄への忠誠を利用したことを申し訳ないと思っているんだ。

そんなトラウ兄さんだからこそ、二人はやってきたんだろう。

「この階は我々と部下たちで制圧いたしました。すぐに移動いたしましょう」

「わかったであります。アルノルト、子供たちを頼んだでありますよ？」

「はい」

トラウ兄さんはそう言うと部屋を出る。

その後にライフアイゼン兄弟が続く。部屋を出ると、二人の部下らしき面々が周囲を警戒していた。

数は十人ほどだが、全員皇太子の元部下だ。どいつもこいつも立ち振る舞いから強さがにじみ出てる。

しばらく実戦から離れていたとはいえ、全員がA級冒険者とやりあえるぐらいの強さは持っているだろうな。

そいつらを束ねるライフアイゼン兄弟はさらに強い。兄のマルクスはかつてはリーゼ姉上と打ち合ったことがあるほどの実力者だし、弟のマヌエルだってAA級冒険者程度の実力は持っている。

実戦感覚は鈍っているだろうし、全盛期ほどの力はないにしろ、このタイミングでこれだけの戦力がいるのは助かる。

「マヌエル殿」

「呼び捨てで結構です。アルノルト殿下」

「じゃあマヌエル。城には兵士のフリをして潜入したのか？」

ライフアイゼン兄弟もその部下たちも軍服を着ている。

帝国軍の黒い軍服だ。

俺も考えていた手だが、この様子を見る限りばっちり成功しているようだな。

「そのとおりです、殿下。彼らはゴードン殿下の下に集ってはいますが、誰が仲間かは上にいる者しか知りません。なので末端の兵士は仲間の見分けがつかないのです。といっても合言葉程度は決めていたそうですが」

「どんな合言葉だ？」

「〝ザンドラ殿下のために〟だそうです。尋問して聞きだしたものですし、それで通じていたので本当にそれが合言葉なのでしょう」

「ザンドラ？　協力関係だからか？」

「それは定かではありません。ですが、現在ゴードン殿下は城の外です。しかし天球は発動しました。他に皇族の協力者がいるということです。この場にいる方を除くとなるとザンドラ殿下が最も可能性が高いでしょう。それにお二人は長く対立関係でした。ゴードン殿下の反乱で、ザンドラ殿下の名を口にする者はいないので合言葉に選んだのかと」

マヌエルの説明に俺は一つ頷く。

ザンドラがゴードンと手を組んだのはほぼ確定的と見るべきか。

しかしそれは兵士たちには知られていない。だからザンドラの名を合言葉に入れた。

合言葉として質はお世辞にも高いとは言えないが、難しくしすぎても混乱が生じる。

このぐらいが限界だったんだろうな。

「兵士たちの中には困惑している者も大勢いました。大多数は上官の命令に疑問を持ちながらも従っているといったところでしょう。出ている命令も城を制圧せよ、城内の者はすべて捕えよという漠然としたものでした。詳細な命令が出ている部隊はごく少数だと思われます」

「統制は取れていないということか」

「ゴードンをフォローするつもりはないでありますが、寄せ集めの軍を統制するのは至難の業でありますよ。今回、反乱に参加している将軍たちは過激派。戦争を望むのは武功を立てたいから。出世欲、名誉欲にまみれた者たちであります。自分に利があるからゴードンを支持しているわけで、そういう面子(メンツ)を統制するのはゴードンでなくても難しいことなのでありますよ」

トラウ兄さんがそう説明する。

その言葉を聞き、リタがふむふむと頷く。勉強しようと思っているんだろうが、たぶんわかってないな、あの顔は。

とはいえ難しい話であることも確かだ。

利を求める者を操るのはたやすい。しかしそれが集団になると困難になる。

なぜか？

利を求める者には利を見せれば付き従う。しかしそれが集団となると、それぞれの利が微妙に違ってくる。

一つの利を示すだけでは不満が出て、綻びが生じるのだ。

とはいえ。

「ゴードンはそれを承知で、放置するタイプの人間です。他者を信用せず、自分の力を頼むゴードンにとってみれば、自分についてこない者は用済み。代わりはいくらでもいると思っているでしょうからね」

「的確ですな。昔はもうちょっとマシだった気がするでありますが、最近は特に酷(ひど)い。傲慢で他者を見下すから信用もしない。他国を利用した反乱は悪手であります。ゴードンは力でねじ伏せる気なのでしょうが、反乱を起こせば内に災いが生じる。さらに外からも狙われる。良いことなんて一つもないでありますよ」

「それでもゴードンは決起した。ザンドラと手を組んでまで。そうしたのは追い込まれたからでしょうね」

そして追い込んだのは俺とレオだ。

少なからずこの反乱に俺たちは責任がある。

もっと上手(うま)く立ち回れなかったのか。そう思わざるをえないが、今は後悔しても仕方ない。

もう火事は起きたのだ。火を消すのが最優先だろう。

そんなことを思っていると、先頭を歩いていたマルクスが全員を制止した。

「出てこい。いるのはわかっている」

そうマルクスは曲がり角を見ながら告げる。

するとそこから人が現れた。

腹を包帯でぐるぐる巻きにしたその男は、血の気が引いて土のような顔色だった。

着ているのは白いマント。

第八近衛(このえ)騎士隊長、オリヴァー・フォン・ロルバッハがそこにはいた。

「懐かしい顔がいるようだ……」

「オリヴァー隊長!?　どうしたのだ!?　その傷は!?」

オリヴァーはライフアイゼン兄弟とは同年代だ。

彼らが皇太子と共にあちこちを駆けまわっていた頃から、オリヴァーは近衛騎士隊長として父上に仕えていた。

当然、顔見知りの仲だ。

「はぁはぁ……第十近衛騎士隊長……ラファエルが裏切った……」

「馬鹿な……ラファエルは皇帝陛下を本当の父のように慕っていたはず……」

「俺もそう思っていた……だが違ったようだ……どうかこの情報を騎士団長に届けてくれ……俺はもう歩けん……」

そう言ってオリヴァーは壁に寄り掛かって、ずるずると腰かけた。

壁には血がつき、オリヴァーはもう残り少ない血を口から吐く。

相当な深手だ。

ここにいるということは追手とも戦ったんだろう。

もはや助からないのは一目瞭然だった。

「……オリヴァー隊長。帝国への忠義、感謝するでありますよ」

「よしてください……トラウゴット殿下……まんまと嵌められた愚か者に感謝など……俺は何も守れなかった……恥ずかしいかぎりです……」

オリヴァーは自嘲的な笑いを浮かべる。

長く父上に仕えてきたオリヴァーにとって、今回のことは最大の失態だ。

そして挽回するチャンスももうない。

誰もが言葉を失っていた。

だが、リタだけは違った。

「恥ずかしくない！　リタはすごいと思う！　あなたは諦めずにここまで来たんだから!!」

そう言ってリタはオリヴァーの手を握った。

思っていた以上に冷たかったのか、びっくりした表情を浮かべたが、その手を放したりはしない。

「……まさか子供に慰められるとはな……」

「リタは子供じゃない！　騎士候補生！　将来はクーちゃんの近衛騎士になるんだ！　あなたみたいに諦めない騎士になる!!」

その言葉がどれほどオリヴァーを救ったか。

オリヴァーはリタの言葉を聞き、フッと笑うと力を振り絞って立ち上がった。

「子供にそこまで言われては……恥ずかしい姿は見せられんな……」

「うん！　一緒に玉座の間に行こう！　手当すればきっと！」

「俺はもう……助からん……だから一緒には行かん……」

そう言うとオリヴァーは白いマントを脱ぐ。

そして手に持っていた剣で血の付いた部分を切り裂いた。

「あー！　近衛騎士の証なのに！」

「ああ、そうだ……だからくれてやる。大事にしろ」

オリヴァーはリタに白いマントをかぶせる。

近衛騎士しか身に着けられない白いマントを貰ったリタはポカーンとするが、そんなリタの頭をオリヴァーはそっと撫でた。

「行け、後輩。殿下の近衛騎士というなら傍を絶対に離れるな。この状況においては、皇族の傍にいる者たちが近衛騎士だ……誇りをもって戦え、騎士リタ」

オリヴァーはそう言うとゆっくりと俺たちが来た場所を見据える。

そこから大勢の兵士がこちらにやってきていた。

「ここは任せろ……時間稼ぎくらいはする、ライフアイゼン兄弟」

「……武運を祈る」

「武運か……そうだな。今の俺には必要かもしれん……殿下方……どうか皇帝陛下にオリヴァーが謝っていたとお伝えください……」

そう言うとオリヴァーはふらふらと兵士たちのほうに歩き始める。

それに合わせて全員が走り出した。

俺はクリスタを担ぎ、ライフアイゼン兄弟の部下たちがリタとウェンディを担ぐ。

子供の足には合わせられない。

「次の世代のための礎になるというのも……悪くない終わり方だ……さぁ来い……近衛騎士隊長オリヴァーの首を取るのはどこのどいつだ？　そう安くはないぞ！」

後ろでオリヴァーが叫んで、兵士たちと交戦を始めた。

そのオリヴァーの背中をずっとリタは見続けていた。

6

天球が発動した時点で、リーゼはゴードンとの一騎打ちをやめにして皇帝の護衛に回ることを選択した。

そんなリーゼに対してゴードンは嘲りの笑みを浮かべた。

「どうした？　逃げるのか？　〝元帥〟」

「どう取ってもらおうと構わん。私はここにお前を倒しにきたのではなく、父上を守りにきたのだ。そんなこともわからんからお前はいつまで経っても将軍なのだと知るべきだな」

手痛い返しを受けたゴードンは歯ぎしりをしながら、部下に追撃を命じるが、ゴードンの部下はリーゼの部下を突破することができなかった。

元々不意打ちを受けたせいで混乱していたうえに、それを落ち着かせるべきゴードンがリーゼに足止めをくらっていたせいだ。

そのため、ゴードンは追撃の前に部隊の再編成をするはめになった。

その時間でリーゼはいち早く皇帝と合流していた。

「父上。ご無事ですか？」

「なんとか〝今は〟な」

含みをもたせながら皇帝ヨハネスは空を見上げた。

帝都を覆う天球がこれほど不気味に映ったのは初めてのことだった。

皇帝になって二十五年。

稼働テストで天球を使うことはあったが、まさか自分を閉じ込める目的で使われることになろうとは。

思わずため息を吐きながらヨハネスは隣にいるフランツに問いかけた。

「これも計算通りか？」

「一応想定はしていましたが……最悪ではありますな。天球がここまで早く展開されたとなれば、城にいる近衛騎士がやられたか……もしくは裏切ったのでしょう」

「前者であることを願いたいものだ」

「私もそう思いますが、今は行動するときです。元帥、申し訳ないのですが拠点を確保していただけますか？」

「既に東門は確保している」

フランツの言葉にリーゼはすぐに答えた。

この場にいる部隊とは別の部隊が脱出路のために帝都の東門を制圧していたのだ。

帝都はぐるりと壁に囲まれているため、空を飛ばないかぎりは四方の巨大な門からしか出ることはできない。

当然、敵もそれがわかっていたため、門には戦力を集中していたがあくまで保険。

奇襲をかける側という認識があったため、リーゼの別動隊に奇襲された門の護衛部隊はあっという間に崩れ去った。

しかし。

「どこまでいっても多勢に無勢。外に用意している部隊では天球の破壊は不可能だぞ？」

「陛下が帝都から動けなくなった場合は勇爵が迎えにきます。それまで耐えていただきたい」

「帝都に向けて聖剣を使わせるのか？」

「使いたくはない手ですが、仕方ありますまい」

できればその手を使わずに脱出したかった。

そのためのリーゼであったが、もはや脱出は不可能。

外側からの強引な助けを期待するしかない状況だった。

「宰相にしては珍しいな。いつも強引な手は避けるというのに」

「なりふり構ってはいられませんので……この一件が終わればこの命でもってお詫び申し上げます」

「宰相のせいではない。この状況でさらに気が滅入りそうなことを言うな」

「いえ、私の責任です。帝国の膿を出してしまおうと思いましたが……帝国は思った以上に膿んでいた。それに膿ませる元凶も姿を現していない様子。このような状況になったこと自体が私の責任なのです」

リーゼを呼べば対処できる案件だとフランツは考えていた。

ゴードンの反乱程度ならば予想通り。そのうえでフランツはその裏に潜む者も炙りだしたかった。

フランツはゴードンを過小評価してはいないが、それでも大がかりな反乱を成功させられる人材とも思っていなかった。とくに最近は自らの力を過信することが多かったため、反乱しても力任せ。より強い力で押さえつければ対処できないと踏んでいた。

実際、ゴードンのみの反乱ならばリーゼだけで事足りた。

しかし、その反乱に近衛騎士たちまでもが乗った。軍部も予想以上にゴードンに賛同した。ゴードンだけではこうはならない。ゴードンだけではなく、ザンドラが加担していたとしても被害が大きすぎる。

姿の見えぬ暗躍者がいる。いるかもしれないと思っており、炙りだそうとしたが、慎重なその暗躍者は決定的な場面でも尻尾を出さなかった。

結果、成果が得られぬまま、ゴードンの反乱が勃発してしまったのだ。

長く帝国を安定させてきたフランツにとって、これは手酷い敗北であり、自分の命をもって償うべき失態だった。

だが。

「この一件での責任問題は後日だ。それに……我が息子が反乱を起こしたのだ。ワシの責任が一番重い」

ヨハネスはそう言って前を向く。

嘆くのは簡単であり、下を向くのも簡単だ。

しかし、それではゴードンに討たれることを待つだけになってしまう。

混乱を引き起こし、その後始末もせずにこの世から退場することを先人たちは許さないだろう。

皇帝ならば問題に対処するのが筋というもの。

「ここでワシが討たれれば、反乱が有効なのだと後世に伝わってしまう。それだけは避けねばならん。ワシは絶対にここでは死ねん」

「ご安心を。死にたいと言っても死なせる気はありませんので」

リーゼはヨハネスにそう告げると、周辺にいる兵士たちに東門への撤退を命じた。

周囲にはこの反乱のことを知らない兵士や帝都守備隊の者たちが集まっているが、リーゼは彼らを自分の部隊には加えない。

敵か味方か判断はできないからだ。

移動するリーゼと皇帝たちをただ茫然と見つめる彼らは、この場で一番信用ならない存在であったのだ。

だからこそ、リーゼは大声で告げた。

「周辺にいるすべての兵士に告ぐ！　自らが皇帝と帝国の民に忠義を尽くす兵士だというならば民を守れ！　この混乱に乗じて民に狼藉を働く者は誰であろうと皇帝陛下の敵である！」

馬にまたがり、リーゼはそう触れ回った。

直接、指揮下に入れることはできないが、浮かせておくには惜しい戦力。

だからこそ、リーゼは彼らに指針を与えた。

民を守れ。

その言葉を聞き、多くの者がそれぞれ行動を開始した。

闘技場に取り残された観客の避難を誘導したり、恐怖で動けなくなった者たちを助けたり。

やるべきことはたくさんあった。

その中で自然と彼らは軍服を脱いでいった。

詳細を知らない民たちは、ゴードン皇子と軍が反乱を起こしたと思っていたからだ。

軍服を着ていては怖がられるため、民と接するには軍服を脱がねばならなかったのだ。

「これで少しは民たちの避難も進むでしょう」

「うむ、問題は城だな」

「事態が長引けば向こうはゆっくりと城を制圧できます。門を拠点とした我々に手を焼けば人質を用いるやもしれません」

「……ワシは大丈夫だ。リーゼロッテ、お前は平気か？」

リーゼが敵にいる以上、ゴードンが狙うのはその妹であるクリスタであることは間違いない。

それに対する確認だったが、リーゼはそれを鼻で笑う。

「私は弟妹たちを信じます。皆、大人しく人質にはならないでしょう」

「……そうか」

「ご安心を。もしもの時は覚悟しております。父上を守ることが最優先です」

「……すまんな」

皇帝の言葉にリーゼは静かに頷いた。

そして自分も城へ視線を移す。

心配でないわけではない。

ヨハネスがまだ若かった頃は、他国との戦争も多かった。

ゆえに皇族は若くして戦場に立たされた。だが、ヨハネスが落ち着き始めてからはそういう戦争もなくなっていった。

そのため、若い皇族は戦場を知らない。

アルとレオですら初陣という形で戦場に参加させられたのは、山賊の討伐だった。それも本人たちがほとんど必要ない形を整えたうえで、だ。

しかし、リーゼは知っていた。

自分の知らないところで弟妹たちは成長しているのだと。

「頼んだぞ」

一人つぶやき、リーゼは自分のすべきことに集中した。

今は皇帝を守ること。それが自分のできることだった。

ゴードン相手に負けるとは思えないが、長引けば兵士も疲れてくる。

数の暴力と疲労には人間は勝てないものだ。

何日持たせられるか。その間に援軍が間に合うか。

帝都の内にいる者たちにも期待したいが、それ以上に外にいる者に期待しなければいけない。

幸い、外側にはうってつけの人材を抱えた者もいた。

「双黒の皇子か……この大事な局面でよい位置にいるのは計算なのか偶然なのか」

外にはエルナと共にいるレオ。内には城を知り尽くしたアル。

二人の位置は敵にとっては厄介であり、味方にとってはありがたかった。ゆえに二人のこれからの動きが重要になってくる。

レオの成長は誰もが知るところ。しかし、二人は双子。レオが著しく成長しているならばアルも著しく成長していることは間違いない。リーゼはそのことを確信していた。

しかし、どちらが動くにせよ、時間がかかる。

できるだけ時間を稼がねば。

そう自分に言い聞かせて、リーゼは皇帝たちを連れて、緊急の拠点とした東門に入ったのだった。

7

時間は遡り、天球が展開される少し前。

後宮に侵入したフィーネとミアは、すでに後宮の中に大量の兵士が入っていることに驚いていた。

部屋に潜み、二人は兵士の様子を窺う。

「なかなかの数ですわ……」

「真っ先に後宮の制圧を狙ったのでしょうか？　それにしては数が半端な気もします」

フィーネは静かに敵の意図を分析する。

まず状況を把握し、そこから分析。いつもアルがやることだ。

後宮は広い。それに対して侵入している兵士の数は半端だった。

後宮の妃たちを真っ先に確保しに動いたとするならもっと動員するべきだ。しかし、そうではない。

ならば狙いは別にある。

その狙いは何か？

狙いは後宮という広い場所ではない。もっと限定的な場所だ。

「ミツバ様の確保？　それだと向かう場所がおかしいですね」

兵士たちが向かっている場所、そして集中している場所はミツバの部屋とは反対だ。

そこからフィーネは一つの推理を立てた。

「閉じ込められた人物の救出が一番可能性が高そうですね」

「閉じ込められた人物？」

「第五妃ズーザン様と第二皇女ザンドラ殿下です。天球の発動には皇族の血が必要です。ゴードン殿下は性格的に城に構えて指示を出すタイプではありませんし、きっと皇帝陛下の前に直接出向くでしょう。そうなると城で天球を発動させる皇族が必要になる……だからザンドラ殿下たちの解放に動いた。当たらずも遠からずというところだと思います」

天球を発動させてから動くということも考えられるが、ゴードン以外の協力があったほうが動きやすいはず。

考えが当たっていれば、すでにザンドラは城へ移動している頃だろう。今はその母であるズーザンが兵士たちの第一目標ということになる。

そうフィーネは考えて、ミアにこれからの動きを伝えた。

「各妃の確保が目的でないならまだ猶予があります。一気にミツバ様の下へ向かいましょう」

「了解ですわ。他の妃はどうするんですの？」

「後宮にいる妃様は五人。第三妃様から第七妃様まで。そのうち第四、第五妃様は敵側。味方なのは第六妃様と第七妃様。動きが読めないのは第三妃様です」

部屋から出て真っすぐミツバの部屋へ向かう。

堂々と廊下を歩くが、兵士たちとは反対方向なため大丈夫だろうとフィーネは踏んでいた。

なにより敵と遭遇してもミアがいる。

今は慎重に動いて時間を失いたくはない。敵が動く前にミツバと合流できれば脱出の難易度は大幅に下がるからだ。

「第三妃様というと……第二皇子殿下の生母ですわね？」

「はい。アル様が最も警戒している殿下の母君ですから、この状況で何もしないとは思えません」

エリクの母。

それだけで最大限の注意を払う存在であることは間違いなかった。

この機に乗じて何かするのか、それともいち早く脱出しているのか。

何らかの動きがあると漠然と思いつつ、具体的にその何かを上げることはできない。

「アル様なら的確に予想できるのでしょうが……」

「フィーネ様はすごいですわ！　私、全然わからないですもの！」

「すごいですか？　ならお手本が良かったんだと思います。帝都に来る前の私は考えることが苦手でしたから。今も得意ではありませんけど」

フィーネのやっていることはすべてアルの模倣だ。

一番傍にいる人物であるフィーネは、アルという手本を見て、真似ることができる。しかし、その見取り稽古にも限界はある。

子供の頃から他者を欺き、さまざまな方面で頭を使ってきたアルと、平和に領地で暮らしてきたフィーネでは経験値が違う。

いくらよく見たところで完璧に真似することはできないのだ。

アルのように敵の狙いを分析し、それを的確に読み切るのはフィーネには無理な芸当だった。

しかし、落ち込みこそすれ、それが問題だとフィーネは思っていなかった。

あくまでそれは付加価値。できたほうがいいに決まっているが、できなくても何も変わらない。

人には向き不向きがある。それを今のフィーネは知っていた。

「私も考えるのは苦手ですわ！　もっと考えられるようになったら楽なのにといつも思いますわ！」

「人間は足りない生き物です。完璧ではないからこそ、得意不得意が発生する。しかし、それでいいんです。他者が他者を補うのが人の在り方なのだから」

だからアルはレオを応援する。

他者が他者を補うのが人の在り方ならば、助けてあげたいと思える人物こそが王にふさわしい。

皇帝は完璧でなくてもいい。周りにいる者が補佐さえすればそれでいい。

補佐したい、助けたいと思えるならばそれでいいのだ。

それがアルの考え方であり、レオが皇帝に推される理由。

しかし、二人は双子。

ベクトルこそ違うが特性はとても似ている。

レオもアルも他者に応援される資質を持っている。

レオはより高みを目指す姿に、アルは足りないながらもその中で頑張る姿に。

周りは惹かれていく。

レオを押し上げようと周りは頑張り、アルを引き上げようと周りは頑張る。どちらが好ましいかは結局は好みだ。

しかし、二人の間には決定的な差がある。

皇帝になる気があるかどうか。それは皇帝の第一条件であり、必須条件でもある。

レオは皇帝になることを選び、アルはレオを応援することを選んだ。

何かが違えば逆の世界線もあっただろう。それでも成り立つのがあの兄弟だ。

だが、この世界ではアルは応援をする立場を選んだ。

ならばそんなアルを傍で応援するのが自分の役割だとフィーネは思っていた。

そして。

「だからこそ――他者に頼らず、自分の力だけを頼みとする人を皇帝にするわけにはいきません。力を貸してもらえますか？　ミアさん」

「今更ですわ。この弓はすでにあなたに預けているのですわ」

ミアの答えを聞き、フィーネは笑みを浮かべた。

そんなフィーネにミアは静かに告げた。

「走ってくださいですわ。すぐに終わらせていきますですわ」

そう言ってミアは弓を構えて後ろを向く。

そこでは兵士たちがもうそこまで来ていた。

フィーネはその兵士をミアに任せて、ミツバの部屋に急ぐ。

そして部屋の前にたどり着いたフィーネは、中に駆け込んだ。

「ミツバ様！　ご無事ですか⁉」

「フィーネさん⁉　逃げなさい！」

ミツバの部屋にはジアーナもいた。

しかしいたのは二人だけではない。

武装した侍女や女衛兵が敵味方に入り乱れていた。

ミツバとジアーナを守る侍女や女衛兵もいれば、殺そうとする者もいる。

部屋は一種の戦場だった。

その中で、ミツバとジアーナを傍で守っていたのはレオのメイドであるマリーだった。的確に指揮を取りつつ、二人を守っている。だが、多勢に無勢。

すでに刺客が差し向けられていた。

ここで時間をかければいずれ後宮に突入してきた兵士たちもやってくる。

急がねば。

そうフィーネが思ったとき、一人の女衛兵がフィーネに気づいて傍による。

「蒼鷗姫（ブラウ・メーヴェ）だ！　捕らえろ！」

「フィーネさん！」

ミツバの言葉が部屋に響く。

しかし、伸びてくる手にフィーネは何もしない。

自分が抵抗するだけ無駄だとわかっているからだ。

そして——その必要がないということも理解していたからだった。

「お願いします。ミアさん」

「お任せですわ！」

フィーネの後ろから現れたミアは、フィーネに手を伸ばしていた女衛兵を蹴り飛ばす。

その一撃で女衛兵は部屋の壁まで吹き飛ばされた。

それを見て、一瞬、その場の注意がすべてミアに向いた。

「みんな似たような恰好でわかりづらいですわね。フィーネ様の味方なら武器を捨てなさいですわ。じゃないとみんなまとめてドーンですわよ！」

ミアはそう警告して弓を構える。

その弓からは強い魔力が発せられていた。

指揮を取っていたマリーはすぐにまずいと感じて指示を出した。

「武器を捨てなさい！」

マリーの言葉を受けて、ミツバ側の侍女と女衛兵たちはすぐに武器を捨てて、ミツバたちの傍に駆け寄る。

残された敵側の侍女と女衛兵はミアに対して武器を向けるが、その武器が活かされることはなかった。

「拡散する矢を見たことがありますか？　ですわ」

ミアはそう言って眩い光を放つ魔力の矢を放つ。

それは無数に拡散して、その場にいた敵を残らず壁まで吹き飛ばして無力化したのだった。

敵を片付けたミアはすぐにフィーネのほうを見た。

「怪我はありませんかですわ？」

「はい。おかげ様で。ミアさんは大丈夫ですか？」

「あの程度なら楽勝ですわ。私、一度に大勢を相手にするのは慣れていますから」

さらりととんでもないことを言うミアにフィーネは苦笑する。

藩国で義賊をするミアは常に数の上では劣勢だ。

一度に大勢を相手にするのは珍しいことではない。

大勢を倒す術はもちろん、できるだけ大勢の利が活かせない立ち回りも心得ている。

アルが大金を使って陣営に引き込むわけだとフィーネは改めて納得した。

周りが敵だらけの今の状況にはうってつけの人材といえた。

「ミツバ様、ジアーナ様。ご無事でなによりです」

「フィーネさん……どうしてここへ？」

「もちろんお二人を助けるためです」

「私たちに人質の価値はないわ。私たちは足手まとい。すぐに二人で移動しなさい。あなたはあなたの価値をもっと知りなさい。マリー、あなたもフィーネさんと共に行きなさい」

ミツバの言うことは事実だった。

ミツバとジアーナが人質になったところで皇帝は揺るがない。

帝都にレオがいるならばミツバの人質の価値は上がっただろうが、レオは帝都の外。アルは人質が必要だとすら思われていない。

だからこそ二人の価値は低い。よほどフィーネのほうが人質としての価値は高い。

ゆえにミツバは自分を守らなくていいとアルに告げたし、今もフィーネに少ない人数で逃げろと告げている。

アルの母らしい判断だとフィーネは思った。

自分のことを客観的に見れてしまい、価値をつけてしまう。そしてその場で冷静な判断ができてしまう。

素晴らしいと言う人もいるだろうが、フィーネは悲しかった。

アルにしろ、ミツバにしろ、もっと自分を大事にしてほしかった。他者には優しいのに自分には優しくないのはある意味、理不尽だと思えたからだ。

そしてそう思ったのはフィーネだけではなかった。

「この母にしてあの皇子ありですわね。わが身が可愛くて何でもする人も問題ですが、我が身が大事でない人も問題ですわよ？」

「……今は大局を見るべきなの。行きなさい」

「お断りですわ。ここまで来たなら何が何でも連れていきますわ。勝手に自分の価値を決めるならご自由に。私たちも勝手に助けるだけですわ！　あなたの息子にも同じことを言ってきたところですもの！」

ミアの言葉を聞いて、ミツバは困った表情を浮かべた。

どう説得するべきか。説得する時間ももったいないのに。そんな表情だ。

そんなミツバにフィーネはニコリと笑って提案した。

「歩きながら話したほうがよいかと」

「……みたいね」

この場の説得をミツバは諦めた。

この場にフィーネを長く留まらせることを嫌ったのだ。

そしてその場にいる全員で移動を開始する。

当然ながら大人数で移動すれば兵士たちの目に触れる。

しかし、ミアはその兵士たちが視界に入ると同時に魔弓で吹き飛ばしていった。

むしろ兵士が見つけるより、ミアが見つけるほうが早いほどだった。

「ええい！　広すぎですわ！　隠し通路は使えないいんですの!?」

「アル様がいないので無理です。走って抜けるしかありません」

「こんなときにあの皇子は何をしているんですの!?」

広く入り組んでいる後宮を抜けるのは一苦労だった。

それに対して文句を言うミアに対して、フィーネは何も答えない。

今頃、アルは城で暗躍している頃だからだ。

そんな風に喋っていると、城に繋がる一本道までフィーネたちはたどり着いた。

「ここを抜ければ城です！　でも油断しないでください！　城のほうが兵士は多いはずですから！」

「了解ですわ！」

そう言ってミアは先頭を切って走ろうとするが、何かに気づいて立ち止まる。

そして静かに告げた。

「設置型の呪いですわ。十や二十どころじゃないですわね……」

一本道を埋め尽くした魔法。

それは禁術に指定されているはずの呪いだった。

それを見破ったミアはゆっくりと後ろを振り向いた。

「ずいぶんと性根が悪いですわね？」

「そうかしら？　そこを必ず通るのだから罠を仕掛けるのは当然だと思うのだけど？」

「そうではありませんわ。後ろで罠に引っかかるのを笑いながら見ていることを言ってるのですわ」

そう言ってミアは後ろから現れた人物を睨む。

特徴的な緑の髪を持つ女性。

その女性を見てミツバがつぶやく。

「ズーザン……」

「ごきげんよう、ミツバ。どこに行こうというのかしら？　まずはあなたの息子のせいで軟禁された私に謝罪すべきじゃない？」

「あなたが軟禁されたのはあなたの責任であって、私の息子たちのせいじゃないわ」

「そう？　私の見解は違うわ。あなたの息子が私の兄を捕らえたりしなければ、私はみじめな思いをしなくて済んだし、私の娘は玉座に近づくことができたわ」

「そういう見解ならわかり合えないわね。それで兄が反乱に失敗したから、今度はゴードンの反乱に加担したの？　節操がないわね」

「黙りなさい。すべてあなたのせいよ。あなたの育て方が悪かった。教えるべきだったわね。自分の身分が卑しい以上、息子たちも卑しいのだと。周りの皇族とは根本的に価値が違うのだと教えないからこんなことになるのよ？」

ズーザンの言葉にフィーネが眉をひそめた。

嫌味(いやみ)ではなく、本気でそう思っている声色だったからだ。

貴族という地位を特別視する人間をフィーネは嫌いだった。

先祖が特別な地位にふさわしい功績を残したがゆえの貴族。そう幼き頃から教わってきたからだ。その功績を汚さぬよう、そしてその地位に恥じない功績を残せるように努力するのが貴族の責務。

自らの特権階級を誇るのが貴族なのだとしたら、そんなものは存在しないほうがマシだとさえ思っていた。

「怖い目をしてどうしたの？　蒼鷗姫。というか、あなたもそんな目ができたのね？　正直、意外だわ」

「できるなら……私は常に笑っていたい。笑っていられることばかりだったらどれほど素晴らしいか……けれど世の中はそんなに甘くはない。帝都に来てよくわかりました。そして学んだんです。笑っているためには戦うことだって必要なのだと。第五妃ズーザン。私はあなたを認めない。あなたの娘であるザンドラ皇女も認めない。そんな考え方をする者が皇帝になる未来など、クライネルト公爵家の者として認めません」

「口だけは立派ね？　認めないならどうするの？　戦うのかしら？」

そう言うとズーザンは軽く手をあげる。

すると潜んでいた大勢の兵士が現れた。

一本道を通れない以上、逃げ場はなかった。

そんな中でもフィーネは怯むことはなかった。

「ミアさん！」

「かしこまりましたですわ！」

そう言うとミアは一本道に向かって矢を放つ。

分散した矢は設置された魔法に直撃していき、どんどん破壊していく。

一撃で自分が用意した罠がすべて破壊されたことにズーザンは驚くが、すぐに顔をしかめながら指示を出した。

「突撃しなさい！　絶対に逃がさないで！」

「走ってですわ！　私が足止めを！」

「いいえ！　上です！」

そう言ってフィーネは一本道を走りながらミアに上を示す。

ミアはそれだけでフィーネの考えを理解した。

「妙案ですわ！」

そのままミアは上に向かって無数の矢を放ち始めた。

無数の矢による攻撃に天井は耐え切れず、徐々に崩れ始める。

それでもミアは攻撃をやめない。

そして。

「く、崩れるぞ⁉」

「ひ、退け！」

フィーネたちに迫っていた兵士たちは崩れる天井の下敷きにならないように、退かざるをえなくなった。

そして天井はガラガラと崩れ去った。

城に繋がる一本道の出口はその瓦礫で封鎖されてしまったのだった。

それを見て、ズーザンは激昂した。

「何をやっているの⁉　すぐに退かしなさい！　絶対に逃がさないわよ！　ミツバ‼」

「すごい叫んでますですわ……」

「しばらく足止めになるはずです。ミツバ様、ジアーナ様。これから走り続けることになります。大丈夫ですか？」

「体力の話なら不安だけれど、泣き言も言ってはいられないでしょう。頑張るわ」

「わ、私も頑張ります」

ミツバとジアーナの言葉を受けて、フィーネはミアのほうを向いて頷く。

「階段はきっと封鎖されています。強行突破で行きましょう」

「わかりやすくて良い作戦ですわ！」

そう言ってミアはウキウキと弓を構えたのだった。

8

オリヴァーが兵士たちを食い止めてくれたおかげだろう。

俺たちはすんなりと玉座の間までたどり着くことができた。

しかし、そこには先客の一団がいた。

「ご無事でなによりです。テレーゼ姉上」

そう言ってアリーダは、玉座の間の前までやってきた一団の中にいたテレーゼ義姉上に頭を下げた。

しかしその一団を率いるのはテレーゼ義姉上ではない。

「第三妃様もご無事でなによりです。テレーゼ姉上をお救いくださり感謝申し上げます」

「感謝などよいのですよ。アリーダ騎士団長。あなたの姉上を助けるのは当然のこと」

そう答えたのは眼鏡をかけた青い髪の女性。

穏やかな表情を浮かべているその女性の名はカミラ。

皇帝の第三妃にしてエリクの母親だ。

エリク同様、理知的な印象を他者に与える女性だが、同時に冷たさも同じくらい放っている。

そう俺は口を出す。

「当然のことだというなら他の妃方も連れてきてほしかったですね」

俺の姿を見て、テレーゼは悲し気に顔を伏せ、アリーダは少しだけ目を細めた。

この姉妹にとって俺はそういう存在だからだ。

仕方ないことだろうな。

「ご機嫌よう。アルノルト皇子、トラウゴット皇子とクリスタ皇女もご無事なようでなによりです」

「まったくもってご機嫌ではありませんね。これだけ早くここにいるということは反乱について勘づいていたのでしょう？　なぜテレーゼ義姉上だけを連れてきたんです？」

「人質にされて困るのは彼女だけだからですよ。皇帝陛下に楯突いた前科があるヴァイトリング家。申し訳ありませんが近衛騎士団長もその一族。姉を人質に取られれば裏切るかもしれません。テレーゼさんは弟のために皇帝陛下に楯突いていますから。家族の情が厚いというのも問題ですね」

そう言ってカミラは薄く笑う。

それに対して俺は眉を顰める。

やっぱりこの女は嫌いだ。まだズーザンのほうがマシに思える。

「人質にされて困るというなら、他の妃方も困ると思いますが？」

「テレーゼさんほどではありません。どうやらあなたの母上を連れてこなかったことを怒っているようですが、ズーザンの恨みを買っているミツバさんを連れてくれば、私はもちろんテレーゼさんも危険です。帝国のためです。ご理解ください」

「帝国のため？　ご自分が逃げるための囮にしたと正直に言ったらどうです？」

「そういう見方もできますね。残念ですが」

ぶん殴ってやりたい。

そう思いつつ、俺は拳を作るだけで何もしなかった。

殴れば問題になる。言ってること自体は間違いじゃない。

考え方は母上と一緒だ。人質の価値がないから重要ではない。それは理解できる。母上が民に人気であり、見捨てれば民の信用を失うにしても、アリーダが裏切る可能性を考えれば小さいものだ。

俺はチラリとアリーダを見た。

お前が裏切るかもしれないから姉を連れてきたと言われたんだ。忠誠心の厚いアリーダからすれば心外だろう。

しかしアリーダは涼しい顔をしていた。

「近衛騎士団長は何か言うことないのか？」

「ありません。疑われるのも当然ですから。弟は罪を犯し、姉上はそれを皇后様の力を借りて助けようとしました。妹の私が疑われるのは自然なこと」

「裏切るなんて思っていませんよ。あくまで可能性を潰しただけのこと。さぁ、テレーゼさん。入りましょうか」

「はい……カミラ様」

カミラとテレーゼは玉座の間に入っていく。

それを俺は忌々し気に見つめる。

「アル兄様……お母様は……？」

「フィーネが助けに向かってる。ただ、集中砲火を浴びてるだろうがな」

後宮には人質候補が多い。

それだけ敵も分散する。そこをミアなら各個撃破できると踏んでいた。

しかしここにカミラとテレーゼがいるということは、ズーザンは容赦なく母上に戦力を集中するだろう。

きっとミアがいても苦戦することは間違いない。

しかもこれでフィーネが人質にでもなれば俺の責任となる。

自分の母可愛(かわい)さにフィーネという重要人物を人質にしてしまったと。

まったく……予定通りいかないもんだな。

「フィーネとお母様は大丈夫なの……？」

「護衛はつけてるが……ここに来るのは一筋縄じゃいかないだろうな」

「それはカミラ女史も同じだったはずでありますが……まぁ蛇みたいな女性でありますから、間隙を縫ってきたのでしょう。反乱を事前に察知していたなら、兵士たちに監視をつけていたかもしれませんからな」

「それで囮にされるほうはたまったもんじゃありません。トラウ兄さん、三人を頼みます。俺は隠し通路で迎えに行きます」

「一人でありますか？」

「陰気な軍師がいます。彼と一緒なら危険は避けられるでしょう」

「不安でありますな。誰かを護衛に連れて行っては？」

「玉座の間に人が増えました。近衛騎士から人を出しましょう」

そうアリーダが提案してくる。

正直、ありがた迷惑だ。

大勢ならまだしも数人の護衛は俺にとってはハンデに近い。

俺一人なら大抵の場合はどうにでもできるからだ。

だから俺はその提案を断った。

「遠慮しておく。戦いに行くわけじゃないし、正規のルートを行くわけでもない。それなら玉座の間の周りを確実に確保していてもらいたい。ここが敵で一杯だと身動きが取れないからな」

「しかしあまりにも危険では？」

「危険は危険だが、俺一人のために護衛を割くのももったいない。それに玉座の間の戦力を薄くするのも危険だ。中に問題のある女がいるからな」

そう言って俺はカミラのことに言及する。

反乱を事前に察知していたにしても、ここに来るまでが早すぎる。

カミラの周りを固めるのは手練れというわけではない。ただの武装した侍女や女衛兵だ。

「敵と通じているから無事にたどり着けた。あり得る話ではありますな」

「この状況では全員を疑うべきだ。監視を頼む」

「……そういうことでしたら了解いたしました。お任せください」

アリーダはそう言って引き下がる。

それに頷き、俺はトラウ兄さんたちが玉座の間に入るのを見てから踵を返す。

だが、そんな俺の後ろからアリーダが声をかけた。

「アルノルト殿下」

「……まだなにか？　アリーダ騎士団長」

「……弟は七日七晩苦しみ抜いて死にました。父はずっと傍で看病し、最期は家族で看取りました。しでかしたことを考えれば当然ですが……怒りがないと言えば嘘になります」

「当然だろうな。俺もレオが何か罪を犯して死を賜ったとしたら……怒りを抱えるだろう」

「……ご理解くださり感謝します。正直な話、あなたがフィーネ様の近くにいなければと思わずにはいられません。ですが……あなたは今もフィーネ様の傍にいる。弟はそれを許せずに死んだのです。ご迷惑かと思いますが、その思いを背負ってください。あなたが死に、フィーネ様が悲しむなら弟は何のために死んだのかわからなくなってしまいます。どうか私の心の安寧のためにも――生きてください」

それは意外な言葉だった。

真っすぐ俺を見つめる水色の瞳には曇り一つない。

本当にそう思っているんだろう。

おかしな人だ。

「死んでほしいとは思わないのか?」

「それで誰が救われますか? フィーネ様が笑顔なら……ラウレンツも満足でしょう。甘い考え、甘い思いだったかもしれませんが、それでも好いた人が笑っているのだから」

そう思えないからラウレンツは俺に喧嘩を売ったわけだが。

まぁそう思えば少しは救われるというなら拒否する理由もない。

「承った。元々死ぬ気はないがな」

「心より――感謝申し上げます。ご武運をお祈りしております」

そう言ってアリーダはフッと笑って俺を送り出したのだった。

9

「邪魔ですわ！」

ミアはそう言って立ちふさがる兵士たちを全員まとめて吹き飛ばす。

そうして出来た道をフィーネたちは駆け抜けるが、そんなフィーネたちを行かせまいとどんどん兵士たちは湧いてきた。

城の下から中層まで何とかたどり着いたが、兵士たちは増える一方であった。

「キリがありませんですわ！」

「私たちだけに集中しているからでしょうね」

「そのようですね……」

ミツバの言葉にフィーネは頷く。

その場合、考えられるのは二つ。

自分たち以外の人質候補が捕まってしまったか、自分たち以外は全員が安全圏に入っているか。

おそらく後者だろうとフィーネは判断した。アルが裏で動き回っている以上、ほかの人質候補が捕まるというのは考えづらい。

だから他の者は無事に玉座の間に逃げ込んだのだろう。

問題なのはそのタイミング。

当初、アルは同時に人質候補を動かしていた。そうすれば敵の手も分散するからだ。しかし

フィーネたちの城への突入は想定より遅れた。

後宮での足止めが思ったよりも激しく、そこで手こずったためだ。

そのせいで集中砲火を浴びる形になってしまった。

もっと上手(うま)くやれていれば。そう後悔しつつ、フィーネはミアの顔色を見る。

まだまだ元気そうではあるが、疲れていないわけではない。

このまま物量作戦で来られたら押し切られかねない。

何か考えなければ。

十字路に差し掛かり、そんな風にフィーネが少し焦り始めた時。

ミアが突然後ろを振り向いた。

そして。

「危ないですわ！」

ミアはフィーネを反対側の通路に突き飛ばし、ミツバたちを背に庇(かば)う。

すると今までフィーネたちが走っていた通路を風の刃(やいば)が通りすぎ、先にある壁をズタズタにした。

「あらあら……動いちゃダメじゃない。殺せないでしょ？」

そう言って現れたのはザンドラだった。

その周りには多くの魔導師が控えていた。

「見ただけでわかりますですわ！　さっきの妃の娘ですわね!?　目つきがそっくりですわ！」

言いながらミアは通路の真ん中に立つ。

咄嗟の判断とはいえ、フィーネと分断されてしまった。

ザンドラを倒さなければ合流は不可能となったからだ。

「ザンドラは禁術使いよ！　気をつけなさい！」

「気をつけなさい？　気をつけてどうにかなると思われているなんて……屈辱ね」

そう言ってザンドラは右足で床を叩く。

それを合図として、ザンドラの足元から無数の影が出現して、壁や床を伝ってミアのほうへ向かう。

「見たことない魔法ですわ!?　気持ち悪いですわね！」

言いながらミアは迫る影を撃ち抜いていく。

しかし、それを見てザンドラが笑う。

「甘いわね」

影はミアに向かっている分だけではなかった。

壁を伝ってフィーネのほうにも向かっていたのだ。

ザンドラはしてやったりといった表情を浮かべるが、それに対してミアはフィーネのほうを見ることもせずに弓だけを向けて矢を放った。

その矢は寸分違わずフィーネに迫る影をすべて撃ちぬいた。

「甘いのはそちらの認識のようですわね？」

「……調子に乗るんじゃないわよ！　一介の護衛風情が私に楯突くなんて無礼もいいところだわ！」

そう言ってザンドラは右手をミアに向けながら素早く詠唱を始めた。

《光の奥に控えし黄昏よ・この手に光塵の理を授けよ・光刻せよ・光滅せよ・この光は虚無なり——エンプティネス》

煌めくその光球がザンドラの手に宿る。

その光球に嫌な予感を覚えたミアは、咄嗟にザンドラがそれを投げるタイミングでミツバたちのほうへ隠れた。

すると徐々に巨大化しながら光球はゆっくりと通路を進んでくる。

スピードは大したことはない。問題なのはその特性だった。

光球は触れた壁や床を一瞬で塵に変えていく。

触れたモノをすべて塵に変える魔法など聞いたこともないが、目の前に事実、存在している以上はあり得ないとはいえない。

「禁術使いとはよく言ったものですわね！」

ミアはミツバたちを下がらせる。

反対側ではフィーネも後ろに下がっていた。

光球は通路を大きく削ったあと、行き止まりの壁を消失させて消えていった。

直接的なダメージはないが、フィーネとの距離が開いてしまった。

まずいと思いつつ、ミアは弓を構える。

十字路の真ん中にザンドラが立った。ちょうどフィーネとミアの間だ。

「さて、どうしてあげようかしら？」

「ザンドラ様。くれぐれも蒼鷗姫（ブラウ・メーヴェ）を傷つけないようにお願いします。重要な人質となるので」

そう兵士の一人がザンドラに忠告する。

それに対してザンドラは驚くほど素直に頷（うなず）いた。

興の乗ったザンドラが勢い余ってフィーネを殺さないか心配になったのだ。

「わかっているわ。皇帝に対する人質として重要だものね」

「ご理解いただきありがとうございます。ゴードン殿下もお喜びになります」

そう言って兵士が頭を下げた。

それに対してザンドラは何も言わずに左手を振った。

そして音もなく発生した風の刃が兵士の首を落とした。

「ふん！　ゴードンの機嫌なんてどうでもいいのよ！　人質？　捕らえろ？　そんな生ぬるいやり方じゃ私の腹の虫が収まらないのよ！　すべてはあんたから始まったのよ！　フィーネ・

フォン・クライネルト！　蒼鷗姫と呼ばれるあんたがレオナルトとアルノルトに協力なんてするから、あの二人が調子に乗ったのよ！　そのせいで私が苦汁を嘗める羽目になったわ！　あいつらの前であんたの首を掲げてやらないと気が済まないわ!!」

そう激昂してザンドラはミアに背を向けた。

隙だらけのその背中に向かってミアは矢を放つが、それはザンドラ配下の魔導師たちが張った結界によって防がれる。

「面倒ですわね!!」

ミアは今度は力を込めて矢を放ち、たやすく結界を打ち破るが、ザンドラはその矢を鞭で叩き落とす。

結界を破っている分だけ速度が落ちているからだ。だが、それでもザンドラの鞭は大きく損傷していた。そのことにザンドラは苛立ちを覚え、一瞬だけミアのほうを見た。

「次から次へと……私をイラつかせる人材が出てくるな！」

「鞭がそこまで大事でしたの？　ですわ！」

ザンドラは右手を大きく突き出す。すると、そこに雷が溜まっていく。一方、ミアも大きく弓を引き絞る。

互いに相手を吹き飛ばす気の一撃。

それが同時に放たれた。

通路の真ん中で雷と魔力の矢がぶつかり合う。

それはほぼ互角の威力で大きな衝撃を巻き起こすが、若干、ミアのほうに衝撃は流れていく。ミアの矢が威力負けしたのだ。

「ふんっ」

「鼻で笑いましたわね⁉　許せませんですわ！」

そう言ってミアは矢を連射するが、それらはザンドラの配下たちが受け止める。それを見て、ザンドラは新しい鞭を側近から受け取り、フィーネのほうへ意識を向けた。

「ええい！　邪魔ですわ‼」

これではだめだと判断したミアは結界を張る魔導師たちを素早く倒すことを選んだ。

しかし、その間にザンドラはフィーネに迫る。

それを見てフィーネは告げた。

「ミアさん！　ミツバ様たちを頼みます‼」

「フィーネ様⁉」

「大丈夫です！　考えがあります！　信じてください！」

そう言ってフィーネはザンドラに背を向けて走り出した。

それをザンドラはゆっくりと歩いて追う。

フィーネ一人では決して逃げ切れぬとわかっているからだ。

狩人(かりゅうど)気分でフィーネにときおり魔法を放ちながら、ザンドラは少しずつ追い詰めていく。

「ほらほら！　逃げないと死んじゃうわよ⁉」

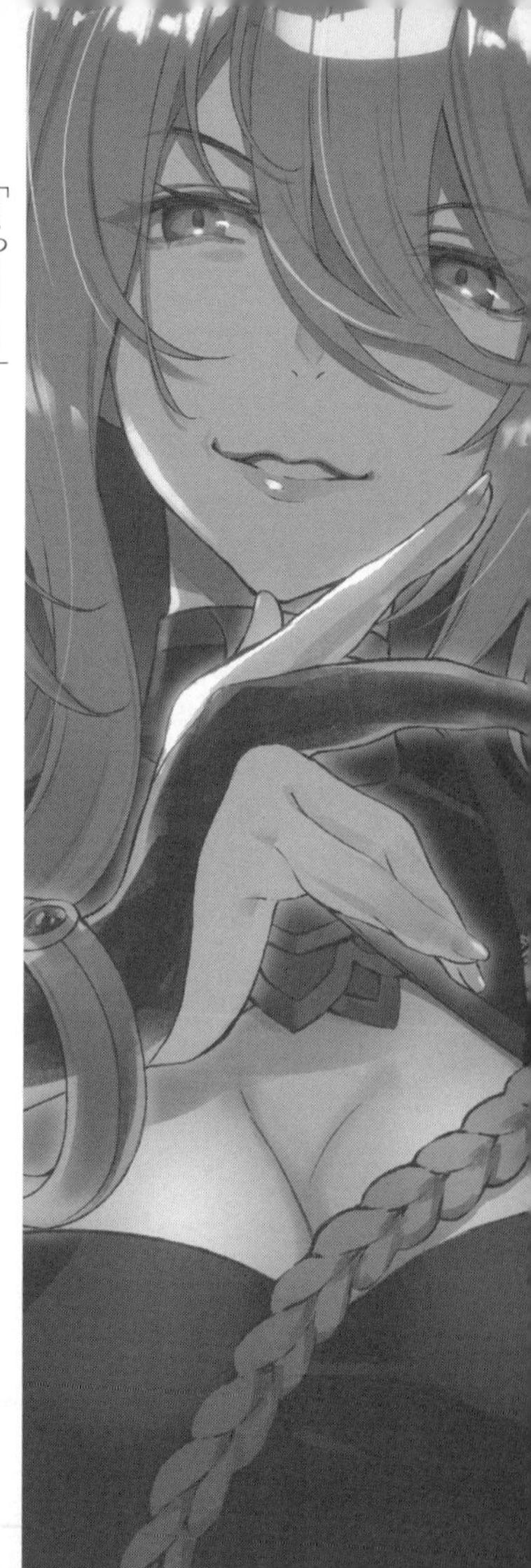

「くっ……！」

魔法の余波で少し吹き飛ばされたフィーネは転倒するが、痛みに耐えて走り続ける。

そしてたどり着いたのはアルの部屋だった。

「はぁはぁ……」

「あらあら、アルノルトの部屋になんて逃げ込んでどうしたの？　ここに何か仕掛けがあるのかしら？」

ザンドラはからかうようにして笑いながら部屋に入ってくる。

そして部屋を見渡し、高笑いし始めた。

「あっはっは!!　もしかしてアルノルトに助けを求めにきたのかしら!?　あの出涸(でが)らし皇

子に!?　知らないなら言っておくけれど、あれはずる賢いだけで英雄じゃないわよ？　そういう才能はすべてレオナルトに吸い取られたのがあの子だもの！　無力な卑怯者（ひきょうもの）！　それがアルノルトの本質よ！　この状況で助けを期待する相手を間違えたわね！」

「アル様の本質はあなたにはわかりません……」

「あんたにならわかるとでも言いたいの？　笑わせないで！　この状況で助けに来れる奴（やつ）が長年出涸らし皇子なんて呼ばれるはずないでしょう！　策がアルノルト頼みなら死になさい！　ここで死ぬならあんたも本望でしょう！　あんたは選ぶ男を間違えたのよ！　自らの愚かさに絶望して死になさい！」

そう言ってザンドラは風の刃を手の平に作り出す。

それをフィーネは恐れずに見つめる。

わざわざミアから離れる危険を冒したのは、この状況を作り出すため。

感情を優先させるザンドラは他者に手柄を渡したりはしない。そういう性格をフィーネは知っていた。アルの分析を常に横で聞いていたからだ。

だからこそ、フィーネが逃げれば必ず一人で追ってくると踏んでいた。

そしてそれはしっかりと的中した。

フィーネの仕事はこの状況を作り出すことまで。

この後はフィーネの仕事ではない。

だからフィーネは一言つぶやいた。

「――お願いします」

「なに？　今更許しを乞う気？　やはり死ぬのが惜しいようね！」

ザンドラは勘違いをして笑い始める。

その後ろでユラリと灰色のローブを着た男が現れたことにも気づかずに。

10

ザンドラの後ろに俺はグラウの姿で回り込んだ。

フィーネが上手く状況を作り出してくれた。

グラウとして強力な魔法を使うのは評判的に問題だが、シルバーとして理由なく城に現れるよりは百倍マシだ。

そう思いつつ、俺は右手に魔力を込める。

だが、その瞬間。

「甘いのよ！」

ザンドラがこちらを振り返って、鞭で攻撃を仕掛けてきた。

魔力の込められた鞭は速度も威力も尋常ではない。

俺は咄嗟に後ろに下がって、その鞭を避けた。

「私相手に不意打ちなんてできるわけがないでしょう！」

「さすがは元帝位候補者といったところか。腐っても皇族なだけはあると褒めておこう」

「元帝位候補者……？　あんたは殺すわ！　私は将来の皇帝よ！」

「現実的でない目標を掲げるのは感心しないな」

俺の挑発にザンドラは怒りを露わにして、鞭を幾度も振ってくる。

それを避けつつ、俺は反撃のチャンスを窺う。

シルバーとして戦うわけにはいかないため、一撃で仕留めるということはできない。

どうやって倒すべきか。

いくつか策を考えていると、ザンドラがしびれを切らして魔法を放ってきた。

それは風の魔法。ザンドラが得意な魔法だ。

鋭い刃となったそれをザンドラは俺に投げつけてくる。

間一髪避けると、俺は一歩踏み出す。

ザンドラは魔法戦や中距離での戦いは得意だが、接近戦は弱い。

魔力で強化さえすればどうにでもなる。

そう踏んでの接近戦だった。

しかし、俺の体はそこで動かなくなった。

「なに⁉」

「はっはっはっはっ‼　魔導師相手に接近戦なんて使い古されたセオリーを警戒していないとでも思った⁉　当然、防衛策を講じてるわよ！」

下を見れば影が俺の足を縛っていた。

舌打ちをしながら俺はその影を引きちぎるが、それは致命的な隙だった。

「終わりよ！」

「くっ！」

ザンドラが先ほど放った風の刃。

それが俺の背後から戻ってきていた。

咄嗟に俺は体を捻るが、左腕が風の刃によって斬り飛ばされた。

噴き出る血を見て、ザンドラは高笑いをするが、それに対して俺はニヤリと笑う。

「何がおかしいのかしら？　痛みで気でも触れた？」

「痛み？　なんのことだ？」

俺は気にした様子もなくザンドラのほうへ進む。

ダメージを感じていない俺にザンドラは一歩引くが、その間に俺は左腕を復活させた。

「そんな⁉」

いきなり生えてきた腕にザンドラは驚きを隠せないようで、一歩どころか二歩も三歩も下がっていく。

「どうした？　その程度か？」

「くっ！　ふざけないで！　腕が生えたところで首は生やせないでしょ‼」

そう言ってザンドラは俺の首を風の刃で斬り飛ばす。

床に落ちた俺の首を見て、ザンドラは勝ちを確信した。

「ざまぁみなさい！　自分の回復能力に驕った結果ね！」

「驕る？　なんのことだ？」

俺はザンドラの言葉に床から応じる。

飛ばしたはずの首が意識を持って喋っている。

その状況にザンドラの顔に初めて恐怖が浮かんだ。

「そん……な……」

「どうした？　首を飛ばしても死なない人間は初めてか？」

「嘘よ！　そんなわけないわ！　あんた人間じゃないわね⁉　デュラハンなの⁉」

「違う。俺は人間だ。少し人とは違うがな」

そう言って俺は体を動かして首を抱える。

そしてゆっくりとザンドラに近づいていく。

そんな俺に対して、ザンドラは恐怖を感じながらも光球を作り出し、それを俺に投げつけた。

「塵になれば回復もできないでしょう!!」

ザンドラの言葉どおり、光球をまともに受けた俺は塵になってしまう。

それに対してザンドラは笑わない。

まだまだ警戒しているといった様子だった。

しかし、数秒、数十秒と待っても俺が復活しないのを見て、ようやく緊張の糸を解いて笑った。

「ざまぁないわね」

「自分の話をしているのかな？　ザンドラ皇女」

そう言って俺は後ろから声をかける。

ザンドラは恐怖に駆られて後ろを振り向くが、そこに俺はいない。

あるのは黒い煙のみ。

しかし、それがどんどん集合して人の形をとっていき、やがては俺へとなった。

「そんな……」

「さて……ザンドラ皇女。鬼ごっこは得意かな？」

言った瞬間、俺の体から大量の黒い煙が飛び出てくる。

ザンドラは危険を感じて猛スピードで廊下を走り始めた。

「はぁはぁ……そんな、そんな！　嘘よ！　嘘に決まっているわ！　あんな化物が存在していいはずないわ！　きっと何かカラクリがあるはずだわ！　私の禁術をくらって生きてるなんてありえないわ！　ありえない！　ありえない！　ありえない!!」

「ザンドラ殿下！　ご無事ですか！」

「無事じゃないわよ！　このグズども！　早くあの化物を！」

駆け付けた兵士と魔導師たち。

そいつらを見つけてザンドラはホッと息をつく。

少なくとも足止めになると思ったんだろう。

しかし、そいつらは俺の煙に触れた瞬間、溶けていった。文字通り、体が溶けたのだ。

「ひっ!?」

「逃げ場はないぞ、ザンドラ皇女」

「くっ！　この!!　誰か！　誰かいないの!?　早く私を助けなさい！　私は皇女よ!!　ザンドラ・レークス・アードラーがここにいるわ！　助けなさい！　助けた者には一生遊んで暮らせる金と地位をあげるわ！　だから私を助けなさい！　助けるのよ!!」

そう言ってザンドラはわめく。

それを見てフィーネが訊ねてきた。

「グラウ様……これは……？」

「幻術だ。しばらくは幻術の中で俺と鬼ごっこだろうな」

そう言って俺はその場で立ちながらぶつぶつとつぶやいているザンドラを見つめる。

後ろを取った時点でザンドラには幻術をかけた。

本人は破ったつもりのようだが、それは俺の幻術の中の出来事。

他人に悪夢を見させる幻術は、心が壊れかねないのであまり使いたくはないんだが、まぁザンドラならいいだろう。

これでも皇族の一人で凄腕の魔導師だ。

いずれ自分で破るはずだ。

「ザンドラ殿下を……どうするのですか？」

「人質としての価値はないし、殺してしまえばゴードンがザンドラの配下を吸収するだけだ。殺すのは簡単だが……殺すよりはゴードンといがみ合って足を引っ張り合ってくれたほうが色々と楽なんだ」

幻術にかかったザンドラを配下たちは見捨てないだろう。

どうにか安全なところへと考えるはずだし、それだけで十分な足止めになる。

俺の言葉を聞いてフィーネはホッと息をつく。

俺が殺すかもしれないと思ったんだろう。

殺すのだって手だ。簡単で、安易な一手。

しかしそれで解決することは何もない。

問題の根幹はザンドラではない。ザンドラの命では何も取り戻せない。

ならばわざわざフィーネの前で殺す価値はないだろう。

「罪人は法によって裁かれるべきだと思います。すべてが終わった後に皇帝陛下がザンドラ殿下を裁くのが筋かと」

「そうだな。それまでザンドラが生きてればの話だけどな。俺たちはともかく、リーゼ姉上はこの親子を見逃しはしないだろうさ。確証はないが、こいつらは第二妃の死に関わっている。敵対したとなればリーゼ姉上は容赦しないだろう」

それはもう仕方ないと割り切るしかない。

俺としても死んでほしくないわけではない。ただ今、殺すのはデメリットがデカいというだけの話だ。

状況が変わり、殺すことにデメリットが発生しないなら容赦はしないだろう。

それをきっとフィーネは望まないが、フィーネは特殊な例だ。

ザンドラの策謀に巻き込まれた者、この反乱に巻き込まれた者はきっと死刑を望むし、父上も死刑を告げるだろう。

遅いか早いかの問題だ。

今、死んでおくほうがザンドラとしても幸せかもしれない。

人々の怨嗟(えんさ)を一身に受けて死ぬことになる。

それこそがザンドラにはふさわしいと言えばふさわしいとも言える。

「とりあえず、しばらくこいつはこのままだ。今のうちに玉座の間へ急ごう」

「いえ、後宮からはミツバ様とジアーナ様しか連れ出せませんでした。城に繋（つな）がる道を壊してきたので、そこに視線は集中してるはず。隠し通路を使って第三妃様とテレーゼ様を救いにいきましょう」

フィーネの言葉に俺は苦笑する。

危うかったというのにまだそれだけ頭を巡らせていたか。

成長したもんだ。

しかし。

「いい案だが、第三妃とテレーゼ義姉上（あねうえ）はもう玉座の間にいる」

「え？　どうやって……」

「母上を囮（おとり）に使って、さっさと後宮を出たのさ。気に食わないことにな。だから、君以外は玉座の間にいる。母上たちも順調に近づいているしな」

探知結界で位置を確認したとき、母上たちは玉座の間の近くまで来ていた。

兵士たちの動きがかなり鈍かったのはザンドラがこの階にいたからだろう。

ザンドラが乱入し、兵士たちを動かしたせいで配置が大きく乱れたのだ。

ザンドラはゴードンの部下ではなく、協力者だ。しかしザンドラとしてはゴードンを勝たせる気はないし、ゴードンもザンドラを信用していない。

互いに互いをけん制し、警戒しているし、足を引っ張り合う。

水と油みたいな連中だ。上手くいくわけがない。

「では上手くいったんですね！」

「ああ、君のおかげだ。よくやってくれた。本当に助かったよ」

「いえ、私はアル様の真似をしただけです。大したことはしていません」

「俺の真似はそこまで楽じゃないと思うんだがな」

そう苦笑しつつ、俺はフィーネを自分の方に引き寄せる。

そして転移門を出現させた。

周りに人がいないなら隠し通路で時間を掛ける必要はない。さっさと飛ぶとしよう。

「さて、脱出の時間といこうか」

「はい！」

そう言って俺とフィーネは城の上層へ転移したのだった。

11

上層に転移して、玉座の間の近くまで来ると、そこではミアたちがフィーネのことを待っていた。

「フィーネ様!!」

「ミアさん」

フィーネの姿を見つけたミアがフィーネの胸に飛び込んだ。

「よかったですわ〜……！　フィーネ様の身に何かあったらどうしようかと思ってましたですわ〜！」

「大丈夫です。アル様が助けてくれましたから」

「助けられたということは近くに潜んでいたということですわね⁉　もっと早く助けてほしかったですわ！」

「無茶言うな。隠し通路はどこにでもあるわけじゃないんだ」

ミアにそう答えつつ、俺は母上に頭を下げる。

「ご無事でなによりです。母上」

「ええ、フィーネさんたちのおかげよ。二人で逃げなさいと言ったのだけど……困った子たちね」

「そうですね。けど……いつもそれに助けられています」

打算で動く俺とは違って、フィーネは自分の価値観で動く。

正しいと思えば動くし、正しくないと思えば拒否する。

それは時としてこちらの意図と外れてしまうが、それゆえに俺では導けない結果に導いてくれる。

今回も俺は母上の優先順位を下に見てた。しかし、ミアとフィーネは母上の下へ真っ先に向かってくれた。

最優先だったのはテレーゼ義姉上だったが、もしもテレーゼ義姉上の下に二人が向かっていたら空振りで終わっていたし、母上も無事だったかどうか。

結局は結果論ではある。しかし、人の命が掛かっている事柄は結果がすべてだ。

「で、殿下……ルーペルトは……？」

「ご安心を。すでに玉座の間にいます」

「ああ……感謝いたします……」

ルーペルトの無事を聞き、ジアーナは目に涙を浮かべた。

母上はそんなジアーナにそっと寄り添う。

俺はそんな母上に問いかける。

「クリスタについては訊かないんですか？」

「トラウゴットが傍にいるのだもの。平気よ」

「まぁそのとおりではあるんですがね」

トラウ兄さんへの妙な評価の高さを感じて、俺はため息を吐く。

トラウ兄さんの幼少期をよく知っている者は、大抵トラウ兄さんの能力は認めている。

皇太子と共に育ち、同じ教育を受けて育ったことを知っているからだ。

問題となるのは本人の性格。

気分屋の極致にいるような人だからな。能力があっても発揮されることはほとんどない。

宝の持ち腐れもいいところだが、それがトラウ兄さんの良いところでもある。

「では行きましょうか。このグループが最後ですから」

そう言って俺たちは玉座の間に向かったのだった。

■■■

「ご無事でなによりです。殿下」

「騎士団長もな。どうだ様子は？」

「殿下が下へ向かったあと、数回襲撃がありましたが、それ以来パタリと動きが止んでいます」

「ザンドラが中層に来たからだろうな。指揮系統が混乱したんだろう」

そう言って俺はアリーダと共に玉座の間へ入った。

中には第三妃カミラとテレーゼ義姉上、ルーペルトにクリスタとトラウ兄さん。そのほか護衛や要人、城の使用人など大勢がいた。

「ルーペルト！　ああ、よく無事で……！」

「母上もご無事でよかったです……」

ルーペルトの姿を見つけたジアーナは傍に駆け寄って抱きしめる。

親子の感動の再会だ。

そこまで大げさではないが、クリスタも母上に駆け寄ってきた。

「お母様、ご無事でよかった……」

「クリスタもね。よかったわ。怪我はないわね」

とりあえず城の中で人質になりそうな人間は全員集められたな。

状況的に見て、藩国と連合王国の要人は敵側だろう。城にもいなかったしな。

「あら、ミツバさん。無事だったのね、よかったわ。心配したのよ？」

「ありがとうございます。カミラ様」

感動の再会中にカミラが笑顔で母上に声をかける。

どの口がそれを言うんだと聞いてみたいが、今はそこに突っ込んでいる暇はない。

「トラウ兄さん。騎士団長に城の状況は伝えてくれましたか？」

「もちろんでありますよ」

「そうですか……じゃあラファエルが裏切ったというのも聞いてるな？」

「はい。裏切るような人物とは思えませんが、オリヴァーが嘘を言うとも思えません」

「この際、なぜ裏切ったかは問題じゃない。裏切ったという事実が大切だ。ラファエルの部下がどれだけラファエルについたかはわからんが、第十騎士隊がすべて敵側と想定したほうがいいだろう。そうなるとここも万全ではない」

「そうですね。彼の相手をするとなれば私も自由には動けません」

「その間に物量で押し込まれたら終わりだ。足手まといがこれだけいるからな」

そう言って俺は玉座の間を見渡す。

どうにか玉座の間に逃げ込んだ使用人たちは一様に不安そうだった。

ここも安全ではないと俺が宣言したからだな。

そんな俺に対してアリーダはどうするのかと視線で訊ねてきた。

「というわけで——脱出するぞ」

「というわけでと言われても、脱出路がありませんが？」

アリーダがそう俺に言ってくる。

その口ぶりから察するに皇帝の脱出路を教える気はないんだろうな。

まぁ当然か。一度使えばその道はもう危険で使えない。

城を制圧された場合、外に通じる隠し通路からの侵入は有効な一手となる。

それをアリーダの独断で潰すわけにはいかない。

アリーダの立場なら仕方ないだろう。

まぁそれはわかっていたし、そこに期待もしていない。

俺はアリーダに対してニヤリと笑うと、玉座の間の隅へ向かう。

そしてそこの仕掛けを発動させて、隠し通路を出現させた。

「脱出路ならここにある。ピッタリなのがな」

「……ど、どこでそれを？」

初めてアリーダが表情を崩した。

驚きと戸惑いの混じった表情を見て、俺は満足そうに頷く。

「十一年前に父上が教えてくれた。一生、使うことはないと思ったんだがな」

「陛下ご自身が……いくら皇子とはいえ教えるなんて……」

アリーダが額に手を当ててため息を吐く。

近衛騎士団長という立場なら頭の痛い話だろうな。

よりによって俺に教えているというのが悩みの種だろう。ほかにどんな秘密を、誰に漏らしているか確認する作業がこの事件が終わったら始まるだろうな。

「……知っておられたなら隠すことではありませんね。たしかにその通路は外に通じています。ではその通路から皆さんは脱出するということでよろしいですね？」

「ああ。問題はそこまで大きくない通路ということだな」

元々は皇帝と側近が脱出するためのものだ。

大勢が通るようにはできていない。

この人数で移動するとなるといくつかのグループに分かれる必要があるだろう。

「では、最初は私とテレーゼさんが行きましょう。近衛騎士の護衛もつけてもらいます」

当然といった様子でカミラが告げた。

それに対して俺は眉を顰める。

一つの道を使う以上、最初に出た奴のほうが見つかりにくいに決まっている。

「この場合、皇族が先だと思いますがね？」

「優先すべきは人質としての価値です。テレーゼさんが人質になったら困りますよね？」

「ならテレーゼ義姉上とクリスタが最初に行きましょう」

「最も価値ある人質が一緒にいるのは好ましくありません。別々にすべきだと思いますよ。私はクリスタ殿下と一緒に向かっても構いませんが」

そう言ってカミラは蛇みたいな目でクリスタを見つめた。

クリスタは思わず母上の後ろに隠れる。

個人的な話をすればカミラは一番最後にしたいところだが、妃としてはこの場で最上位だ。

それはできない。

仕方なく俺はため息を吐いて了承した。

「わかりました。一番手はお二人と周りの者でどうぞ。近衛騎士もしっかりと護衛につけます」

「感謝します」

「いいえ、ただしやってもらうことがあります」

「なんでしょうか？　私にできることなら何でもやりますが？」

そう言ってカミラはにこやかに笑う。

そんなカミラに対して、俺はニヤリと悪い笑みを浮かべる。

悪いが俺はやられたらやり返す主義なんだ。

母上を囮にしたことは忘れない。

「騎士団長。玉座の後ろに飾ってある虹天玉はダミーだな？」

「はい。あれはダミーです」

玉座の後ろには見せつけるように虹色の宝玉が二つ飾られている。

知らない者ならばあれが虹天玉だと思うだろう。しかし、いくら玉座の間とはいえそこまで大胆に置いておくわけがない。

だからあれはダミーだ。

しかし、兵士たちには見分けがつくまい。

「じゃあ、あのダミーを持って行ってください。近衛騎士が大勢護衛につく一団が持っていれば、兵士たちも騙(だま)されてくれるでしょう」

「なんですって……?」

俺の言葉にカミラが信じられないといった表情を浮かべた。

なにせ囮になれと言われたんだからな。

しかし、自分でやったことだ。

ちゃんと報いは受けてもらおう。

12

カミラは忌々し気に俺を見ている。

しかし俺はそれを笑顔で受け止めた。

「〝帝国のためです〟。ご了承ください」

カミラが使った言葉をあえてそのままカミラに返す。

母上を囮に使って、自分が逃げ出すことが帝国のためなら、虹天玉のダミーを持って敵を引き付けるのも帝国のためなはずだ。

カミラは深呼吸をすると立て直して、俺に反論してきた。

「アルノルト皇子。なぜ虹天玉のダミーを持ち出す必要があるのですか？　アリーダ騎士団長がここにいる以上、本物はここにあると敵は思うでしょう。効果が薄いにもかかわらず危険が大きい策かと思いますが？」

「ご安心を。本物も持ち出します」

「なんですって……？」

俺の言葉にカミラが怪訝な表情を浮かべた。

アリーダと近衛第一騎士隊が玉座の間を守る。この布陣をあえて捨てる意味がわからなかったんだろう。

実際、この布陣はかなり強い。並みの相手なら突破はできないだろう。

しかし敵も並みではない。

「ラファエル隊長が裏切った以上、ここで籠るのは得策ではありません。いずれ武闘派の将軍たちと共に彼がここに来ます。そうなればアリーダ騎士団長でも守り切るのは難しいでしょう」

「戦って負けるとは思いませんが、虹天玉を守り切れないかもしれないというのは認めます」

カミラに視線で本当かと訊ねられ、アリーダは冷静に答えた。

一対一でアリーダに勝てる者など限られている。ましてや魔法の使えない玉座の間だ。剣術だけで突破する必要がある。

勝つのは非現実。しかし足止めなら可能だろう。ラファエルならば。

そうなるとアリーダの部下たちで食い止めることになるが、いくら精鋭の近衛騎士といえど多勢に無勢ではいつか綻びが出る。カミラたちに人数を割くならなおさらだ。

「……では本物を私たちが持ちましょう」

「テレーゼ義姉上とアリーダ騎士団長が姉妹なのは誰もが知るところ。ましてや長兄の妻であるテレーゼ義姉上は国中に顔が知れています。この面子でアリーダ騎士団長が虹天玉を誰に託すか……一番可能性があるのはテレーゼ義姉上です。そんな人に本物を馬鹿正直に預けるわけにはいきません」

「囮になるというなら大変な危険に晒されますよ？　アリーダ騎士団長は良いのですか？」

「……皇太子妃となった時点で姉は皇族です。帝国のためにその身を捧げるのは義務です。ましてや私たちはヴァイトリング家の者。カミラ様がおっしゃったとおり、我が家には弟が残した汚名があります。どこまでいっても、どのような身分になってもその汚名はいつまでも我が家とそれに関わる者に付きまといます。その汚名は働きで晴らすしかありません。姉上、私も命を賭けます。どうかお引き受けください。これも父上のためです」

「……わかったわ。私も……責務を果たします」

テレーゼ義姉上はアリーダの説得を受けて、深く頷いた。

カミラはそれを聞いて顔をしかめる。

帝国全体のことを考えれば、テレーゼ義姉上が囮になってくれるのはありがたい。

しかし、カミラにとってはまずいんだろう。

まず自分が危険に晒される。クリスタかテレーゼ義姉上が最優先だと自分で言ったばかりだし、クリスタを怖がらせた後だ。今更テレーゼ義姉上と一緒には行かないとは言えない。

そしてカミラが一番困るのは囮であるテレーゼ義姉上に敵が反応しない場合だ。

素早く行動した俺とフィーネたちですら、城の下に向かうときには隠し通路を使うことになった。それなのにカミラは戦闘した様子もなく、城の上まで上がってきた。

こっちが隠し通路で苦労したのに、間隙を縫うだけで上に行けるだろうか？　人のいないルートを知っていたと言われたほうがしっくりくる。

よほど早く動いていれば別だろうが、それならどうしてそんなに早く動けたのかという疑問が浮かぶし、そうでないなら兵士が城を制圧中なのに上に来れるルートを見つけられたことが疑問だ。

どこまで行ってもカミラには疑念が付きまとう。

母上を囮に使ったという個人的な感情を抜きにしても、カミラには怪しさしか感じられない。

これは一つの試しだ。

テレーゼ義姉上に対して敵が反応しない場合、カミラはほとんど黒になる。そうなるとカミラの息子であるエリクだって黒くなっていく。

大抵の場合、異変が起きて得する奴は怪しい。

六人いる皇帝の妻のうち、ズーザンと第四妃は反乱側に回った。残るのは皇后と母上とジアーナ。

皇后の息子はトラウ兄さんであり、帝位につく意思がない。そうなると母上とジアーナが死んで、反乱が鎮圧された場合、後宮はほとんどカミラのモノとなるわけだ。

万が一、父上が死んだ場合、傍にいる皇后もかなり危ういだろう。そうなればカミラの地位はさらに盤石だ。

エリクにしろ、カミラにしろ、この反乱を潜り抜ければ邪魔者がいなくなる。ゴードンが邪魔者を排除し、そのゴードンを討伐する大義名分を手に入れられる。

そう考えれば後ろに潜む黒幕の姿も薄っすらと見えてくる。

だが、エリクはきっと尻尾を出さない。

どちらかといえばカミラのほうが尻尾を出す可能性は高い。

反乱が鎮圧されたあと、敵がカミラに近づかなかった場合、追及することができる。一度追及さえできれば証拠も見つけられるかもしれない。

「ではカミラ様。テレーゼ義姉上をお願いします」

「……テレーゼさんが良いというなら私が何か言うのは筋違いというもの。承りました」

もはや言葉ではひっくりかえせないと察したようで、カミラは大人しく引いた。

さすがはエリクの母親というべきか。そこらへんの見極めはちゃんとしている。

まぁすべてが誤解で、俺の早とちりという可能性もある。そうだとしても囮が目立てばそれだけ本命が安全を確保できる。

勝負の分かれ目は四つ目の虹天玉だ。渡さずに時間が経てば経つほど、こちらが有利になる。逆に四つ目がゴードンの手に渡り、天球を強化されてはお手上げだ。

だから絶対に渡せない。渡せばすべてが無に帰す。

「姉上。ダミーの虹天玉です。どうぞ、お気をつけて」

「ありがとう、アリーダ。じゃあ……行くわね。みんなも生きていたら笑顔で会いましょう」

そう言ってテレーゼ義姉上は隠し通路に入っていく。

その後にカミラとカミラの侍女や女衛兵、そして近衛騎士たちが続く。

時間を置いてクリスタたちも外に出ることになるだろう。

俺は今まで虹天玉が置かれていた台座を見る。

その下には仕掛けがあり、それをいじると台座の下が開いた。

そこには拳ほどの大きさの宝玉が隠されていた。

「それが虹天玉ですわね？　すごい綺麗ですわ！」

ミアは後ろから覗き込みながらそうつぶやく。

しかし、俺は二つの宝玉を持ちながらため息を吐いた。

「これもダミーか。宰相もよくやるもんだな」

「それもダミーですの⁉」

信じられないといった様子でミアが叫ぶ。

そりゃあ当然だ。この宝玉からもしっかりと魔力が感じられる。しかも相当に。

それをダミーに仕立てるなんて、もったいないことこの上ない。

しかし、だからこそ騙せるということだろうな。

「隠しておいたこれもダミーなら本物は騎士団長が持っているのか？」

「よくお気づきで。本物は私が持っています」

そう言ってアリーダは本物の虹天玉を取り出した。

それは俺が持っている物とそっくりだった。いや、俺が持っているダミーがそっくりなのか。

見た目ではほぼわからない。

ただし、魔力に敏感な者なら気づくだろう。本物の虹天玉のほうが底知れない魔力を感じる。中に深淵が広がっているのではと思うほど、その魔力は深く、大きい。

「殿下は偽物を見分けるのが得意なご様子ですね」

「昔からさ。こういうことならレオにだって負けない自信がある」

アリーダはレティシアの死体の違和感を見破ったことも含めて言っているんだろう。

自分が嘘つきだからか、この手のことを見破るのは得意だ。なんでも疑うからな。俺は。

そんな風に思っているとアリーダは二つの袋を取り出した。どちらも同じ袋だ。

それに本物とダミーを入れる。

「どうぞ。どのように扱うかは殿下にお任せします」

「いいのか？　俺に任せて」

「ここまで多くの方を導いたあなたに期待します」

「そりゃあどうも。んじゃこっちでやらせてもらうよ」

　そう言って俺は二つの袋を持ってクリスタたちのほうへ向かったのだった。

13

　俺がクリスタたちのところへ向かうと、トラウ兄さんが口を開く。

「どうするでありますか？　アルノルト」

「本物はトラウ兄さんに任せます。問題はダミーですが……」

　フィーネに預けるのも手だ。

　しかし、囮（おとり）になるなら皇族のほうがいいだろう。

　そう思っているとルーペルトが一歩前に出てきた。

「僕が……引き受けます」

「ルーペルト……」

　気持ちだけが先に来ているだけなら任せられない。

　何かしなければ。

　そんな曖昧な決意では困る。

しかしルーペルトの目にはそんな曖昧さはなかった。

「グラウに……兄上や姉上のことを頼んだんです。グラウはしっかり僕の頼みを聞いてくれた。今も城にいるんですよね？」

「ああ、下に潜んでる」

「なら、僕もやれることをやります。誰かに頼むだけなのは……あまりに卑怯ですから。僕はやれることをやります。囮なら……僕はうってつけだと思います」

そう言ってルーペルトは苦笑いを浮かべた。

臆病なルーペルトはたしかに囮にはぴったりだろう。

ふと、俺はトラウ兄さんを見た。

するとトラウ兄さんがゆっくりと頷いた。

それを見て、フッと笑ってから俺はルーペルトの傍に寄る。

「いいか、ルーペルト。これから言うことをよく聞け」

「はい、アルノルト兄上」

「囮に一番重要なのは囮だと思わせないことだ。これは本物だ。誰が何と言おうと本物だ。それを自覚し、そう振る舞え。今、この帝都で一番大切なのはお前が持つこの袋だ。だからお前は自分の無事だけを考えろ。逃げるんだ。とにかく逃げて父上の下まで行け。それがお前の役目だ」

「はい……肝に銘じます」

「本当にわかってるか？　誰かが目の前で危機に遭っても助けちゃだめだぞ？」

「え……？」

「たとえトラウ兄さんが危険になっても、クリスタが危なくても、お前は父上のところに向かうんだ。それが敵を引き付けるし、惑わせる。いいな？」

「でも……本物が危なかったらダミーを持ってても……」

「助けに向かえばダミーだと自ら明かすことになる。自分の身の安全だけを考えろ。トラウ兄さんもお前を助けにはいかない。互いに本物として振る舞うから相手は迷う。辛いぞ？　大変だぞ？　それでもできるか？」

俺の確認にルーペルトは少し迷う。

俺が言っているのは非情になれということだ。それが自分にできるのか、それを自問しているんだろう。

そして答えは出たようで、ルーペルトは伏せていた顔をあげる。

「承知しました。〝本物〟を預かります」

「よろしい。頼むぞ」

そう言って俺はルーペルトの頭を撫でる。

そしてもう一つの袋はトラウ兄さんに渡した。

「お願いします」

「了解したでありますよ」

「トラウ兄さんはクリスタを。フィーネとミアはルーペルトを頼む。母上たちはフィーネたちと共に」

そう言って俺は一歩引く。

それを見てフィーネが訊ねてくる。

「アル様は……？」

「まだやることがある。元々グラウと共にやる予定だったことをな」

「隠された最後の虹天玉を探す気ね？」

母上がそう俺の目的を見透かす。

敵わないと思いつつ、俺は静かに頷いた。

「宰相なら見つかりづらいところに隠したと思いますが、城の中にあればいずれ見つかります。そうなれば敵の虹天玉は四つ。聖剣でも破れるかどうかわかりません。残る虹天玉はすべて城の外に持ち出したいんです」

「大丈夫ですの？　見つけたところを捕まえられたら、相手の代わりに探してあげた、なんてことになりますですわよ？」

「それは考えている。そうならないために、アリーダ騎士団長。申し訳ないが陽動をお願いしたい」

「元々、動くつもりでした。天球のための台座を奪取しにいけばいいでしょうか？」

「そうだな。それが一番自然だろう。できるなら台座を奪取して天球を止めてほしいんだけどな」

「止めるのは不可能です。虹天玉の取り外しは皇族の方にしかできません。敵が精鋭で固める場所を突破するだけでも至難の業ですし、そこに殿下を護衛しながらという条件がつけばなお難しいかと」

「わかってるさ。悪いな。レオならその案でも行けるんだろうけど」

俺がそうアリーダに謝罪すると、アリーダはゆっくりと首を横に振った。

そして意外すぎることを言ってきた。

「いえ、城に残ったのが殿下で助かりました。正直、これほど大勢を外に逃がせるとは思っていませんでした。この結果は機転の利く殿下だからこそでしょう」

「まさか近衛騎士団長に褒められる日が来るとは思わなかったぞ。褒められたのは初めてだよな？」

「普段からちゃんとしていただければ褒めます。緊急時だけ真面目になるのは怠け者の証拠です。これからは普段からちゃんとしてください」

「それはできない相談だな」

俺がそう笑うとアリーダが眉をひそめた。

そんなアリーダに肩をすくめつつ、俺はトラウ兄さんたちのほうへ視線を移す。

二つ目のグループはトラウ兄さんとクリスタたち。周りを固めるのはライフアイゼン兄弟を筆頭とした長兄の側近たち。

彼らに近衛騎士の加勢は必要ないだろう。

「ではアルノルト。気をつけるでありますよ」

「トラウ兄さんも。クリスタをよろしくお願いします」

「アル兄様……またあとで」

クリスタの言葉に俺は頷く。

それを見て、クリスタは脱出路に入っていった。

トラウ兄さんやリタ、ウェンディたちも後に続く。

そしてしばらく間を開けて、ルーペルトたちの番がやってきた。

「では、アルノルト兄上……グラウによろしくお願いします」

「ああ、伝えておく。アロイス。ルーペルトを頼んだぞ？」

「はっ。必ずお守りいたします」

そう言ってルーペルトとアロイス、そして騎士たちが通路に入った。

その後には母上たちが続く。

「アル。死なない程度に無茶をしなさいね」

「難しいですねぇ」

俺の返答に母上は笑いながら通路へ入っていき、ジアーナは俺に頭を下げてから通路に入る。

一応、母上たちの護衛ということで近衛騎士も数名ついていく。

残るはフィーネとミアだ。

「ミア、フィーネを頼んだぞ」

「任せてですわ。そちらこそ大丈夫ですの？　あの陰湿な軍師だけでは頼りないと思うですわ」

「裏で動くなら少数のほうがいいんだ」

「ではとっておきの方法を教えてあげますですわ。いいですか？　危なくなったら助けてと叫ぶんですの。きっと誰かが助けてくれますですわ」

「ミアらしいな……覚えておこう」

俺はそう言うとフィーネに視線を移す。

フィーネは無駄なことは言わない。

ただいつものように一言告げた。

「ご武運を」

「ああ」

短い会話のあと、フィーネたちも通路に入る。

残るのは城の使用人たちだ。

ただ、彼らを送り出すのは近衛騎士たちに任せよう。

「では俺も行くとするよ」

「本当は殿下の単独行動など認めたくないのですが……結果を示した以上は文句も言えませんね」

「俺は人質になっても価値がないからな。自由に動ける。それが俺の強みだ」

「だとしても過信は禁物です。捕まれば即殺されるかもしれません。勝算がないと見れば、すぐに私のところへ。必ずお守りします」

「わかった。そうするよ」

アリーダの言葉に頷き、俺は笑いながら玉座の間を出る。

そしてその足でアリーダが斬り倒した兵士たちの死体の山へ向かう。

そこから状態が良い軍服を選び、俺はその死体から軍服を引きはがす。

気持ち悪い行為だが、手頃なところにある軍服がこれしかないし、仕方ない。

俺はそれを抱えて、玉座の間から離れていく。

そして隠し通路に入ったところで、魔法でその軍服の汚れを落とし、身に着けた。

最後に帽子を被(かぶ)れば完璧だ。

「さてと、潜入作戦といくか」

ニヤリと笑いながら俺は隠し通路を歩く。

まさか敵も皇子が兵士に成りすますとは思っていまい。

最強出涸らし皇子の暗躍帝位争い8
無能を演じるSSランク皇子は皇位継承戦を影から支配する

著　タンバ

角川スニーカー文庫　22929

2021年12月1日　初版発行

発行者　青柳昌行

発　行　株式会社KADOKAWA
〒102-8177 東京都千代田区富士見2-13-3
電話　0570-002-301（ナビダイヤル）

印刷所　株式会社暁印刷
製本所　本間製本株式会社

●お問い合わせ
https://www.kadokawa.co.jp/（「お問い合わせ」へお進みください）
※内容によっては、お答えできない場合があります。
※サポートは日本国内のみとさせていただきます。
※Japanese text only

Printed in Japan　ISBN 978-4-04-111504-6　C0193

★ご意見、ご感想をお送りください★
〒102-8177 東京都千代田区富士見 2-13-3
株式会社KADOKAWA　角川スニーカー文庫編集部気付
「タンバ」先生
「夕薙」先生

[スニーカー文庫公式サイト] ザ・スニーカーWEB　https://sneakerbunko.jp/

角川文庫発刊に際して

角川源義

第二次世界大戦の敗北は、軍事力の敗北であった以上に、私たちの若い文化力の敗退であった。私たちの文化が戦争に対して如何に無力であり、単なるあだ花に過ぎなかったかを、私たちは身を以て体験し痛感した。西洋近代文化の摂取にとって、明治以後八十年の歳月は決して短かすぎたとは言えない。にもかかわらず、近代文化の伝統を確立し、自由な批判と柔軟な良識に富む文化層として自らを形成することに私たちは失敗して来た。そしてこれは、各層への文化の普及滲透を任務とする出版人の責任でもあった。

一九四五年以来、私たちは再び振出しに戻り、第一歩から踏み出すことを余儀なくされた。これは大きな不幸ではあるが、反面、これまでの混沌・未熟・歪曲の中にあった我が国の文化に秩序と確たる基礎を齎らすためには絶好の機会でもある。角川書店は、このような祖国の文化的危機にあたり、微力をも顧みず再建の礎石たるべき抱負と決意とをもって出発したが、ここに創立以来の念願を果すべく角川文庫を発刊する。これまで刊行されたあらゆる全集叢書文庫類の長所と短所とを検討し、古今東西の不朽の典籍を、良心的編集のもとに、廉価に、そして書架にふさわしい美本として、多くのひとびとに提供しようとする。しかし私たちは徒らに百科全書的な知識のジレッタントを作ることを目的とせず、あくまで祖国の文化に秩序と再建への道を示し、この文庫を角川書店の栄ある事業として、今後永久に継続発展せしめ、学芸と教養との殿堂として大成せんことを期したい。多くの読書子の愛情ある忠言と支持とによって、この希望と抱負とを完遂せしめられんことを願う。

一九四九年五月三日